MÚSICA ANTERIOR

MICHEL LAUB

Música anterior

COMPANHIA DAS LETRAS

Capa
Raul Loureiro
sobre *Conceito espacial* (1949), papel sobre tela,
de Lucio Fontana, Milão, Fundação Lucio Fontana

Preparação
Márcia Copola

Revisão
Ana Maria Alvares
Beatriz de Freitas Moreira

Os personagens e situações desta obra são reais apenas no universo da ficção; não se referem a pessoas e fatos concretos, e sobre eles não emitem opinião.

Dados Internacionais de Catalogação na Publicação (CIP)
(Câmara Brasileira do Livro, SP, Brasil)

Laub, Michel
Música anterior / Michel Laub. — São Paulo : Companhia das Letras, 2001.

ISBN 85-359-0093-4

1. Romance brasileiro I. Título.

01-0273 CDD-869.935

Índices para catálogo sistemático:
1. Romances : Século 20 : Literatura brasileira 869.935
2. Século 20 : Romance : Literatura brasileira 869.935

EDITORA SCHWARCZ LTDA.
Rua Bandeira Paulista 702 cj. 32
04532-002 — São Paulo — SP
Telefone (11) 3846-0801
Fax (11) 3846-0814
www.companhiadasletras.com.br

Estamos indo sempre para casa.

Raduan Nassar, *Lavoura arcaica*

PRIMEIRA PARTE

1.

Minha mulher não conseguiu ter filhos.

Antes de ouvir a palavra final do médico, antes dos almoços em silêncio e das crises de madrugada, antes de se convencer de que acordar todo dia significaria para sempre um pedaço de pão e o noticiário do rádio, o trânsito e as previsões do economista são as atrações do noticiário do rádio, antes ela ficou sabendo, ainda nem morávamos juntos, ainda nem imagináramos que ficaríamos quase uma década juntos, eu tenho quarenta e três, ela tem trinta e nove, ela ficou sabendo sobre o meu irmão.

Um dia voltávamos do colégio, eu e o meu irmão. Eu cuidava dele, sou quatro anos mais velho que ele, minha mãe não era mais viva, meu pai trabalhava numa companhia estrangeira. Meu pai trabalhava muito e chegava à noite em casa. Perguntava sobre a escola, eu respondia que tudo bem, não estava sempre tudo bem, nem tudo mal, ia-se levando, eu era encarregado de ficar de olho no meu irmão.

Nós voltávamos do colégio e vimos um colega de aula, Julius. Ele encontraria o Hélio, outro amigo nosso, e os dois iam a um bordel. Eu tinha dezessete anos; o meu irmão, treze. Ele nunca fora ao bordel, vivia pedindo que eu o levasse, eu desconversava, ele insistia, ficava bravo, achava que era perseguição, eu não podia fazer nada, pensava que quando ele fosse um pouco mais velho entenderia, não sei se um dia entendeu, só sei que naquele dia não tive como recusar o convite do Julius.

Em meia hora estávamos em frente ao endereço, uma casa, portão aberto, batemos na porta. Parecia não haver ninguém lá, demorou um bocado e não tivemos resposta. O Julius voltou até a calçada e procurou uma campainha escondida, não achou, batemos de novo na porta, tentou-se olhar por uma fresta de vidro, uma cortina opaca não deixava ver nada, esperamos mais um pouco até que se ouviu um barulho, um ruído longínquo que foi ficando mais forte, uma chave começou a ser girada, uma moça de cabelos loiros e casaco jeans apareceu. A casa está funcionando?

Estava.

Ela nos levou a uma saleta com dois sofás. Julius pediu um campari, bota gelo e limão, por favor. A moça perguntou se conhecíamos o sistema da casa, dali a pouco apareceu outra moça, meu nome é Neiva, tinha a pele bem escura, era um tanto gorda, calçava sandálias, tinha a barriga à mostra, cabelo crespo, sorria.

Depois entraram, uma por uma: Sílvia, Janete, Andréia, Nair, Eleonora, Luana, Cleide.

A moça que abriu a porta quis saber de quem havíamos gostado. Julius gostara de Sílvia; Hélio, de Luana. Não vou fazer programa, eu disse.

A moça olhou para o meu irmão: e você?

Meu irmão jogava futebol de salão no time do clube. Quem o levava aos treinos era eu. Ele era reserva, o esquema não favorecia, o técnico jogava 2 × 2 e eliminava a utilidade dos alas. Meu irmão era ala direita, não se adaptava a jogar fixo no ataque ou na defesa, precisava correr pela lateral, isso o meu irmão dizia na volta do treino, durante toda a volta do treino, e eu concordava, não tem importância mesmo. Chegávamos em casa, enquanto ele tomava banho eu preparava alguma coisa para comer, fazia uma omelete ótima, botava queijo e pouco leite, servia com uns pedaços de pão, ele saía do banho e eu sabia que a fome era grande. Ele passava o dia no colégio e ia direto para o treino, por isso eu fazia a omelete não com um ou dois ovos, mas com quatro, e quando ele perguntava onde estava o pai eu falava do trabalho, hoje ele chega mais tarde. O meu irmão comia a omelete e os pedaços de pão enquanto eu falava e servia um suco de laranja feito pela empregada à tarde e que estava ótimo: ponho quanto açúcar você quiser.

Meu irmão gostou da Cleide.

O Julius, o Hélio e ele foram com as moças para dentro. Eu fiquei. Não tinha muito que fazer, então chamei a que nos abriu a porta e pedi um campari igual ao do Julius.

Ela começou a me fazer perguntas. por que você não quer entrar? Não gostou das meninas? Eu não conseguia prestar atenção, respondia com um resmungo, não sei, não estou com vontade, do que eu estava mesmo com vontade era de saber o que acontecera com o meu irmão, passara-se algum tempo, uns dez minutos, nada se ouvia, eu bebi todo o campari, comecei a perguntar para a moça de onde ela era, como acabara ali, se tinha parentes no interior, se tinha saudades de casa.

Enquanto eu falava a moça foi ficando com uma expressão cada vez mais mole, como se quisesse me abraçar.

Me ofereceu mais campari — eu não queria. Mas eu quero, ela disse; levantou e pouco depois voltou com um copo cheio até a borda. Começou a perguntar de mim, quantos anos eu tinha, quantos anos tinha o meu irmão, quantos anos tinha o nosso pai, quantos anos tinha a nossa mãe, aí menti que a nossa mãe tinha quarenta e oito, menti que ela estava viva e que uma vez por ano viajávamos o pai e a mãe e os dois filhos para algum lugar do mundo. A moça ia ficando com o rosto ainda mais relaxado, os lábios pareciam estar prestes a cair, a maquiagem parecia haver desprendido da pele, ela foi ficando pequena, os braços apertavam o próprio busto, as pernas grudaram-se uma na outra, o nariz como que pulsava, e ela começou a perguntar e perguntar sem nunca parar de fazer perguntas sobre como era o nosso pai e se o nosso pai gostava da nossa mãe e como os dois haviam se conhecido e quando os dois resolveram casar.

Eu não queria entrar naquela conversa. Precisava ir ao banheiro. Fui quase correndo até lá, passo depois de passo eu sentia como que uma tontura. A porta do banheiro era do outro lado do corredor. Passei por duas outras portas e por uma escada, atrás de uma daquelas portas ou no andar de cima estavam o meu irmão e a Cleide, eu nem conseguia mais pensar no meu irmão e na Cleide, só queria chegar ao banheiro, estava a ponto de desmaiar, se eu cair aqui ninguém me acha, fui andando e andando e quase correndo até que consegui entrar e fechar a porta e girar o trinco, vi uma pia e uma privada e um chuveiro, estava tudo molhado, alguém tomara banho, nada de papel higiênico, o tampo do vaso coberto de gotas d'água, ali mesmo no chão encharcado eu me ajoelhei sem arregaçar as calças, coloquei o dedo na garganta e decidi que era hora de ir embora.

Na sala de espera já estavam o meu irmão e o Hélio.

A moça percebeu que eu passara mal.

Meu irmão me olhava.

Logo chegou o Julius.

Na rua, pegamos um táxi. O percurso todo o meu irmão ficou em silêncio, só se ouvia a voz do Julius, ele contou tudo o que havia feito com a Sílvia. O Hélio às vezes interrompia para pedir detalhes, também deu detalhes sobre o que tinha feito com a Luana.

O primeiro a descer foi o Hélio; logo depois era a casa do Julius.

Meu irmão seguia sem dizer nada. O som do trajeto restante foi o do taxímetro. Em casa, perguntei se estava tudo bem, ele falou que sim, e só anos mais tarde eu voltei a tocar no assunto, foi no dia em que depois do trabalho dei uma passada no consultório dele e ele me cumprimentou, então?, sobre o que você queria falar?, e eu contei a história toda da minha mulher e da seqüência de médicos que havíamos consultado, da maratona que começou numa consulta como aquela e terminou na cozinha de casa, no início da noite, depois do último esforço, eu e ela em frente ao fogão, os dois sentados nos bancos que com o balcão de granito compunham uma arquitetura de todo *aconchegante*, os dois sentados sem saber o que fazer, a quem procurar, a quem pedir socorro, nesse dia eu tomei uma decisão importante, minha mulher não precisava ouvir isso, eu decidi que visitaria o meu irmão e contaria tudo, contaria os anos todos, o início do namoro, o início do casamento, o início do resto de vida posterior ao dia em que descobrimos que nem um terremoto subverteria a lógica da natureza que determinava a impossibilidade de um filho. Procurei o meu irmão, a secretária me recebeu, eu me apresentei, ela anunciou pelo telefone que eu estava lá, mandou que eu entrasse, eu entrei, ele me recebeu, ele sorria, ele perguntou o que de tão importante eu tinha a dizer, eu disse que antes de contar o que eu estava querendo contar precisava esclarecer uma coisa, uma dúvida de muito tempo, muito mais tempo que você imagina, a única dúvida que tenho, o resto são certezas, certeza de que tenho uma mulher, certeza de que eu planejara uma série de coisas que não vingaram com a minha mulher, certeza de que minha mulher não conseguiu ter filhos: o que aconteceu entre você e a Cleide no quarto?

2.

Nunca importou saber o nome de nenhum deles, melhor mesmo é não saber, não lembrar, isso um colega sempre repetia, não olhe nos olhos deles, não conte as rugas no rosto deles, não tente adivinhar se eles têm casa ou mulher ou se alguma vez num beco escuro com frio e fome eles tiveram medo de alguém ou de alguma coisa. Não investigue, não pergunte, não inquira, não se meta, meu trabalho é um só, nosso trabalho é um só, nós somos como operários, e por ser como um operário e por ter a vida inteira agido apenas como um operário é que pode parecer estranho a alguém que me conheça o fato de que nada me faria esquecer ou confundir ou pensar por um segundo que o nome dele pudesse ser outro.

O nome dele é Luciano, e eu o condenei por estupro.

Sou juiz. Ocupo um gabinete no foro central e tenho secretária. Lá puseram vasos de flores, a água é trocada todos os dias, a secretária gosta de pedras da sorte, amuletos de boa vontade, feitiçaria. Tenho um estagiário também. Foram quatro comarcas do interior até chegar aqui. Estudei muito para prestar o concurso, era acordar cedo e conviver com manuais de direito civil, penal, constitucional, comercial; do equivalente arcaico às atuais leis de proteção ao menor, ao consumidor, aos despossuídos; das portarias, resoluções, decretos; dos acórdãos, súmulas, pareceres.

Um dia comprei o diário oficial que anunciava o concurso para juiz do estado. Falei com um colega da faculdade e consegui apostilas com questões de provas anteriores e resumos de todas as disciplinas. Fiz um rancho de livros de doutrina, edições comentadas e anotadas de diplomas legais, revistas de jurisprudência, compêndios de artigos acadêmicos recentes, manuais simples de graduação, dicionários técnicos. Instituí horários firmes para estudo e um sistema de fichas, nas quais anotava passagens importantes com indicação do livro onde as lera, autor, data, editora.

Passei no concurso. Meses depois o meu nome estava numa lista impressa e fixada na parede externa do Tribunal de Justiça. Havia a posse e um estágio probatório previsto em lei pela frente; depois, um longo período em comarcas do interior antes de voltar à capital.

O interior é a terra em que um sujeito foi morto pelo vizinho para cuja mulher escrevera o poema:

Luz, flor, ação
Pétala, sensação
De quando se quer gostar
No meu cinema particular
Só há para você lugar
No fundo do meu coração.

No interior eu apertei a mão do fazendeiro que amarrou o capataz na árvore: o capataz desrespeitou o fazendeiro, todo mundo na cidade sabia que o fazendeiro se vestia de mulher, o fazendeiro gostava de usar batom, o fazendeiro ouviu o capataz comentando com um empregado da fazenda, o capataz falou dos cílios postiços do fazendeiro, do estojo de rímel, das meias-calças que o fazendeiro usava à noite, quando ninguém estava olhando.

No interior eu conversei com a mulher que deu veneno ao dálmata, decidi que o casal deveria deixar a chácara, julguei o acusado do crime do açude, anulei o cheque. Presenciei partilhas, inventários, casamentos, rixas, homicídios, perjúrios, sodomia, descaminho. No interior se podem ver, como se compusessem uma ópera em infinitos atos, as oportunidades perdidas, as vidas jogadas telhado abaixo, as grandes promessas que não se cumpriram, os grandes futuros que nunca vingaram. O interior só não tem gente como Luciano. Luciano é um produto inequívoco da capital. Tenho pensado muito nele, não pude mais deixar de pensar nele, pensar nele é uma espécie de hipnose, eu me sinto compelido a essa lembrança, não sei se ele agora está preso, talvez não esteja mais, ele tem mãe e pai, eu tenho uma mulher, um dia eu estava em casa e abri a gaveta onde minha mulher guardou uma coleção de revistas de criança, minha mulher não conseguiu ter filhos, eu e a minha mulher fizemos todos os exames, eu e a minha mulher tentamos até simpatia, nosso apartamento estava decorado inteiro para a chegada do primeiro filho, montamos um quarto especial com berço e sapatos azuis para o caso de menino e um vestido rosa para o caso de menina, e havia livrinho e bichinho e quadrinho e uma banheirinha de plástico, e era nesse quarto que estava a gaveta, eu naquele dia entrei nesse quarto e olhei para os enfeites que estavam no mesmo lugar onde os colocamos quando foi decidido que teríamos mais alguém dentro de casa, alguém para trocar fralda e levar na creche e não dormir direito, não se dorme direito somente por um *filho*, nós teríamos um *filho*, um homem e uma mulher se conhecem e se gostam e se juntam sob o mesmo teto com mil motivos mas nenhum tão intrinsecamente decisivo quanto ter um *filho*, e eu então abri a gaveta, e era a gaveta cujo conteúdo me faz querer falar sobre a história de Luciano. É uma história mais ou menos assim:

Aos catorze anos, Luciano tinha uma coleção de romances da Agatha Christie: capas rasgadas, folhas amarelas. Num dos livros, a morte de um milionário é narrada por seu médico particular, que convive com o detetive Poirot e anota num diário o desenvolvimento da investigação. Nas últimas linhas é revelada a verdadeira identidade do criminoso, e em nenhum outro romance da escritora a surpresa é tão grande, já que se trata do próprio médico.

Foi quando começou a trabalhar num escritório que Luciano passou a lembrar com freqüência desses livros. Não falaria a respeito para ninguém, muito menos para alguém do escritório, achariam que estava louco, era nisso que andava pensando, se estava ou não estava louco, e tentava se concentrar no serviço, no início era mais fácil, depois ficou quase impossível.

O médico do milionário se prepara para escrever uma carta em que esclarece todo o mistério... No escritório, Luciano não tinha vontade de falar com ninguém sobre Agatha Christie. Não tinha vontade de nada. Trabalhar não mais fazia com que ele esquecesse o rosto que passou a enxergar em qualquer outro rosto, o rosto de um homem que ninguém nunca viu, ninguém no escritório, ninguém em nenhum lugar. Apenas Luciano o conhecia, sabia identificar suas feições. Era o único que sabia como chamar o homem. Ele o chamava O Louro.

O Louro aparecera em outro tempo, em outra cidade. Entrou no quarto de Luciano quando todos estavam dormindo na casa, depois de o pai ter posto o seu irmão Nicholas no berço, depois de dar um beijo de boa-noite no seu irmão Nicholas, depois de medir de novo a febre que se mantinha alta no corpo do seu irmão Nicholas. O Louro perguntou a Luciano o porquê de ele estar tão sozinho. Luciano não conseguiu dizer nada, e o Louro entendeu perfeitamente. Viera propor um pacto: entraria todas as noites no seu quarto e lhe faria companhia se Luciano o deixasse levar Nicholas. E mais tarde também levaria Luciano, não para onde estava indo Nicholas, esse era um lugar feio, mas para a terra onde cada menino tinha o próprio parque de diversões, onde não existia escola nem as brincadeiras que o pai e a mãe só gostavam de fazer com o Nicholas, sempre com o Nicholas, o Nicholas ganhava comida na boca e mamadeira enquanto Luciano ficava no quarto folheando aqueles livros de capa amarela que não tinham figuras, só um cheiro envelhecido, quando aprendesse poderia ler histórias de mistério para o Nicholas, Agatha Christie para o irmão, isso o pai dizia para Luciano.

E o Louro falou dos presentes que Luciano ganharia se lhe obedecesse. Só não avisou que voltaria sempre, sem trégua, primeiro apenas à noite, mais tarde a qualquer hora, primeiro apenas no quarto, depois onde quer que Luciano estivesse, mesmo depois que saiu de casa, mesmo depois que mudou de cidade, mesmo depois que começou a trabalhar no escritório e achou que esquecera da casa e da cidade. Ele não avisou que o seu rosto começaria a aparecer em todos os lugares, no rosto de um sem-número de pessoas, desde o dia em que Luciano lhe obedeceu, em que Luciano ouviu ser irreversível a febre de Nicholas, era seu dever poupar o irmão, era seu dever não contar a ninguém que deixaria o Louro levar o irmão.

3.

O consultório do meu irmão tem na porta uma placa com o nome dele e a palavra *endocrinologista* em letras pequenas. Fica num bom bairro, numa sala alugada em um bom prédio.

Um quadro está pendurado na parede à direita de quem entra. É a reprodução de uma pintura, acho que francesa, do início do século: troncos vermelhos de árvores em frente ao que parece ser uma casa de campo. Atrás dessa casa de campo vêem-se duas outras casas. Ou uma só. As imagens são vivas, as formas puxam para o primário, como se uma criança as houvesse desenhado, ou como se a imagem não fosse real, fosse sim uma lembrança longínqua, com nitidez de sonho, um pouco borrada, um pouco alegórica, sem muita precisão, que é a maneira como as pessoas costumam lembrar das coisas que já aconteceram. Tudo muito colorido.

Antes de montar o consultório, meu irmão casou com uma mulher de um metro e meio de altura, acho. Eu a chamo, secretamente, porque não sei qual seria a sua reação se soubesse disto, de Dona Pequeninha. É um nome comum no interior. No meu começo como juiz era com essas senhoras que me deparava, essas mulheres que fazem doce, conheço uma receita ótima, não é com qualquer farinha, não é com qualquer manteiga, não é com qualquer frigideira: Dona Candinha, Dona Cidinha, Dona Risadinha.

Com Dona Pequeninha ele teve um filho. Achava que teria alguém para dividir o consultório, mas o menino não quis ser médico. Estuda odontologia nos Estados Unidos. Vive há pelo menos três anos lá, sozinho. Não é um lugar frio, fica perto da costa oeste, ele se corresponde com o meu irmão por computador. Meu irmão já o visitou duas ou três vezes, ficou bem impressionado com a cidade, é um lugar bucólico, e a universidade tem laboratórios de ponta, é um centro de referência na área que o meu sobrinho quer seguir depois da graduação.

Meu sobrinho nasceu normal. Todo mundo ficava olhando a criança e repetindo isso, como se fosse necessária alguma forma de agradecimento aos céus, à providência, aos genes de Dona Pequeninha e do meu irmão por a criança não ter nascido com um dedo a mais, lábio leporino, síndrome de Down.

Dona Pequeninha voltou para casa dois dias depois do parto. O filho chorava à noite, dormia mal, logo entrou na creche, não teve mais de meia dúzia de doenças, nada muito grave, nada de sarampo ou tuberculose, teve foi uma bela gripe certa vez, cólicas esparsas. Vomitou, várias vezes ficou assado, começou a engatinhar na idade certa, tirou as fraldas na idade certa, foi à creche na idade certa, aprendeu a se limpar na idade certa também.

Numa determinada época ele tinha mania de mostrar o que estava mastigando. Dona Pequeninha lhe chamava a atenção. Ele não obedecia, e lá estavam o farelo de sucrilho, o arroz esmagado. Dona Pequeninha dizia que ele não ganharia mais comida se continuasse assim. Eu olhava para o moleque e fingia não perceber nada, procurava não mostrar reação ao farelo de sucrilho. Dona Pequeninha pedia para não rir, para não demonstrar simpatia, para se possível fazer cara feia. Eu olhava para o menino e tinha vontade de rir, mas não ria. Ele olhava para mim e abria mais ainda a boca, fazia tanto barulho que poderia parar uma casa inteira, um restaurante inteiro, Dona Pequeninha já ia perdendo a paciência, desta vez estou falando sério, desta vez mando você para o quarto, e o próximo passo era mandá-lo para o quarto, eu continuava comendo o que quer que estivesse na minha frente enquanto ela o arrastava até o quarto, eu comia salada ou uma entrada qualquer, *nunca* chegávamos ao prato principal antes do desenrolar da cena, era sempre a mesma seqüência, mudava o sucrilho, mudava o arroz esmagado, mudava o que precisasse, mas nunca a fala de Dona Pequeninha, nunca a minha vontade de rir, nunca o olhar do menino para mim.

Minha mãe morreu quando o meu irmão recém havia nascido. O fato de poucas vezes se atentar em casa para a maneira correta de comer, o mastigar desejável e normas de etiqueta em geral foi só um dos desdobramentos da ausência dela. Lentamente, aconteceram pequenas mudanças, naturais em uma casa habitada só por homens. Não se viam pequenos vasos de cerâmica, mesas de canto com pintura de pátina, flores, um porta-sabonete de louça sobre a pedra do lavabo. Uma moça fazia a faxina, o pai dava instruções gerais para que ela limpasse os vidros, esfregasse o chão, passasse aspirador no carpete, sacudisse o capacho, mas eram determinações grosseiras, necessárias apenas para que a melancolia não se instalasse: nunca a suavidade, o aconchego, o detalhe que arredonda a paisagem.

A principal dessas mudanças, a mais perceptível, a menos delicada, foi que o pai passou a trabalhar mais horas. Nem seria preciso eu tocar no assunto: anos depois, o pai começou a falar disso o tempo todo. Na primeira vez que levei minha mulher para vê-lo, por exemplo, não foi outro o tema da conversa. Essa é aquela minha namorada, eu apresentei. Ele sorriu. Ela deve tê-lo achado simpático. Ele ofereceu uma xícara de chá. Na despensa guardavam-se chás diversos: preto, limão, jasmim. Ela gosta de chá preto. Eu também. O dela, com adoçante. O meu também. Meu pai foi até a cozinha arrastando os chinelos, era o jeito que caminhava.

E você, faz o quê?, ele perguntou para ela quando voltou. É advogada, eu esclareci. Os dois engataram uma conversa rápida, meu pai tomava chá em goles barulhentos, em silêncio o ouvíamos. Ele comentou qualquer coisa sobre viajar, viajar é bom. Aí eu contei para a minha mulher que o pai viajava bastante quando trabalhava na companhia estrangeira. Ele ia muito aos Estados Unidos e uma vez foi a Bruges, na Bélgica. Em Bruges se podia caminhar nas tardes de verão e ver as lojinhas de chocolate, entrar em uma por uma, estavam lado a lado em cada rua indicada no mapa distribuído na estação ferroviária.

As viagens aconteciam quando ele começou a trabalhar na companhia estrangeira. Depois que a mãe morreu, parou de fazê-las. Foi com alguma gravidade que contou isso para a minha mulher, contou que praticamente deixou de ter folgas, de tirar férias, de ficar em casa nos finais de semana. E de viajar. Eu já sabia a história de cor, mas tive de ouvi-la de novo: o pai passou muitos anos assim, a infância minha e do meu irmão ele passou assim, até que um dia diminuiu o ritmo. Continuava chegando na companhia mais cedo que os colegas, só que o ritmo era outro. Ele lia o jornal, dava bom-dia para a copeira, tomava café em copo de plástico com a copeira, perguntava para a copeira como fora a noite, se ela dormira bem, se ela tivera pesadelos, se ela assistira ao programa de auditório. Meu pai conversava com a copeira até que os colegas chegassem, depois ele passava o dia conversando com os colegas, ia de mesa em mesa, parava só para almoçar, eles tinham bons restaurantes por perto, ele ia com os colegas almoçar e tomar café, ele voltava com os colegas para o escritório, ele passava a tarde puxando conversa, até que ninguém mais tinha paciência com o meu pai, a companhia o mandou embora, e quando meu pai foi embora decidiu que passaria a ficar em casa, dedicaria mais tempo a mim e ao meu irmão, só que eu já saíra de casa, o meu irmão já saíra de casa, o meu irmão já se formara na faculdade e fizera residência médica e abrira consultório e se casara, meu irmão já tinha um filho, já não tinha tempo para sentar à mesa com o pai, para ouvir o pai contar essa história toda, essa história que ele contou enquanto eu e a minha mulher tomávamos chá, essa história que contou antes de perguntar para a minha mulher se ela sabia que ele estava doente e pronto para morrer.

4.

Luciano chegou ao escritório cedo: o dia do aniversário. Cumprimentou a secretária, ela lembrou-o de que o outro rapaz entrara em férias, o serviço estava acumulado, mais contas e papéis para entregar na pilha em cima da mesinha da entrada.

Começou andando até um prédio do governo do Estado. Lá apanharia algum documento, algum envelope, alguma tarefa. No percurso, viu o moleque com quem montara uma rampa de skate no ano anterior. Sabia que só poderia escapar se apressasse o passo. Sabia sobre o que o moleque queria falar: sobre os velhos tempos, a época do *banks* no bairro e o negócio planejado de venda de rolamentos, mas principalmente sobre o que Luciano não deveria ouvir

A rua estava movimentada: gente carregando pastas, gente carregando trapos, gente carregando doença. Garis, vendedores de loteria, pedintes, desocupados — o centro da capital abrindo caminho, a *capital* abrindo caminho. Era um festival: gente defeituosa, pés inchados, pernas de gangrena, pesteados que brotam. Luciano passou por adventistas e por um filhote de macaco que dançava ao som do realejo. Um homem anunciava ser capaz de devorar uma cobra em menos de um minuto: eu mostro a cobra, é de verdade, e foi juntando gente ao redor do homem, nunca se viu tanta mulher feia num mesmo lugar. Uma delas não tinha boca, não tinha nariz, não tinha rosto, não tinha quase nada, ela só tinha uma língua que balançava no ar, a qualquer momento a língua se desprenderia, e o homem gritando, quanta mulher bonita, quanta princesa veio me ver comer a cobra em menos de um minuto.

Luciano estava com pressa, não podia assistir ao espetáculo. Mas parou ali por alguns minutos, e então aconteceu o que temia: o moleque da pista de skate conseguiu alcançá-lo. O moleque o alcançou e falou o que precisava falar. Não tinha jeito. Luciano chegou ao prédio do governo do Estado convencido de que a única forma de escapar do que era inevitável, daquilo de que deveria fugir a qualquer custo, era nunca mais cruzar com o moleque.

De volta ao escritório, regou plantas e esvaziou lixeiras. A secretária disse não haver mais água na geladeira — Luciano foi até o supermercado. Ela voltou à carga, há contas e uma ordem de pagamento — Luciano foi até o banco. Naquela tarde, ele ainda entregou e retirou e carimbou e protocolou papéis na seguradora, no contador, no advogado, no cartório.

Às seis e quinze, hora de sair, esperou o ônibus no ponto em frente ao boteco. Dentro estava cheio de gente conhecida que não estava com vontade de ver. O garoto do skate era um deles, mostrava para alguém umas figurinhas que arrumara não se sabe onde, que serviam não se sabe para quê, que tentava vender não se sabe por quanto.

O ônibus que levaria Luciano ao local do aniversário chegou logo. Sorte que o moleque não o vira dessa vez. Era um ônibus de bancos velhos e roleta velha. Luciano teve alguma dificuldade para passar o embrulho pela roleta, o cobrador não fez menção de ajudá-lo, Luciano olhou para o cobrador depois que desceu, o cobrador viajava encostado no vidro, mas Luciano não estava irritado, conseguira escapar do moleque. Agora era caminhar até a casa.

Quem o recebeu no portão foi a menina. Quando viu Luciano, atirou-se contra o seu corpo. Calma, você vai cair em cima do presente. Foi então que ela viu o embrulho, papel-espelho, nó caprichado, dentro do embrulho estava um ano inteiro de pedidos, de visitas em fins de semana, quando escurece tenho de ir embora. Sempre escurece cedo demais, até no verão, e sempre parece que Luciano chega tarde, ele muitas vezes fica até mais tarde no trabalho, a secretária diz que estão precisando de Luciano no escritório, que Luciano tem de estar por perto caso precisem dele.

E eu não ganho nada? — ele usou o tom solene com que tinha o costume de cumprimentá-la. Ela pulou em seu colo, Luciano girou-a duas vezes sobre o mesmo lugar, tem um porquinho no meu colo, vou vender este porquinho na feira e ver se ganho algum dinheiro, tem um porquinho sujo e fedorento no meu colo e está na hora de vendê-lo na feira. Ela ria tanto que Luciano ficou com medo de ser molhado. Virou-a de cabeça para baixo, segurando-a pelas canelas, vou deixar você cair. A risada dela era um som monstruoso, espetacular, um som de terremoto, de arrebatamento. Ele a puxou contra a gravidade e por um instante a deixou entregue à própria sorte. Aproveitou a subida do corpo para baixar os punhos e agarrá-la na altura dos quadris. Agora ele já podia botá-la na posição original, e assim fez, ele trincou os dentes e a virou com tal violência que pensou nunca mais poder fazer aquilo de novo, sabia que não era verdade, na próxima vez que a encontrasse a encenação novamente teria palco, e ele novamente faria as mesmas perguntas e arrancaria dela a mesma risada. Ela já estava de volta à posição original, seu rosto agora estava de frente para o rosto dele, no nível do rosto dele, o dela era um rosto infantil, era o rosto de alegria por ver Luciano mais uma vez, e ele então deu-lhe um beijo e disse, como diria de novo quando já estava escuro, como diria de novo quando as crianças da festa enfim concordaram com os adultos que tentavam levá-las para suas casas, quando as crianças que haviam chegado no começo da tarde e passado cinco ou seis horas gritando finalmente cansaram — Luciano disse: feliz aniversário, filha.

A mãe dela assistia à cena. Convidara Luciano para a festa duas semanas antes. Alguém ficara encarregado de animar as crianças, alguém faria doces e salgados, ela mesma compraria os refrigerantes. Só não esqueça o presente, ela disse.

Luciano jamais esqueceria. Luciano não esquece de nada. Não esqueceu, por exemplo, que ficou muito tempo sem ganhar presentes, depois da visita do Louro. Durante muito tempo não fizeram festas em casa. A mãe cozinhava para o marido e para Luciano, foi a única coisa que ela fazia antes de o Louro aparecer e que continuou fazendo depois. Do resto ela desistiu: parou de costurar, de ler o horóscopo, de ir ao quarto de Luciano dar boa-noite. O berço do irmão ficou no mesmo lugar depois que o Louro apareceu, ninguém quis tirá-lo dali, ou quis, Luciano nunca soube, até porque não perguntaria se alguém planejava alguma mudança na disposição dos móveis do quarto, se alguém planejava mudar a cama de lugar ou arrumar o armário, ou passar suas roupas para a prateleira onde estavam os blusões bordados para o irmão, ou tirar de cima da cômoda a foto do irmão, ou tirar dali a mamadeira do irmão, ou algum dia naquela casa voltar a falar dos dias anteriores aos dias em que a febre insistia em se manter alta no corpo do irmão. Não seria Luciano a perguntar qualquer coisa que pudesse fazer alguém da casa desconfiar que ele tinha algo a ver com a aparição do Louro, que ele tinha visto o Louro entrar no seu quarto, que ele tinha olhado para o Louro, que o Louro entendeu perfeitamente esse olhar, que o Louro falou pouco e que nem precisaria ter falado, e que antes de tudo isso Luciano rezara durante todas as noites de que se lembrava para que o Louro numa daquelas noites finalmente aparecesse.

5.

Antes de assumir o gabinete no foro central, recém-chegado do interior, eu tinha direito a quarenta dias de férias vencidas. Aproveitei esse tempo para procurar apartamento.

Contratei os serviços de uma corretora e morava provisoriamente num apart-hotel. Visitei catorze apartamentos antes de me decidir por um. Sempre aparecem problemas. Ou não se tem iluminação suficiente, ou os elevadores são antigos, ou a garagem é apertada. Com o tempo começa-se a tolerar o pequeno defeito, a fingir que não se percebe o que está errado, a quase concordar com os corretores. A ânsia de acabar com os rituais de visita vai se tornando maior do que qualquer exigência. Escolhi um apartamento num prédio velho, com infiltrações visíveis no corredor do andar térreo, numa rua mais movimentada do que o planejado. O zelador era um sujeito magro, usava óculos, mostrava-se pronto para ajudar no que fosse preciso: oferecia-se para desentupir a pia, para deixar a fiação do telefone em ordem, para pintar o teto. O apartamento melhorou seu aspecto, com algum esforço as coisas se ajeitam, ou pelo menos aparentam estar se ajeitando.

A primeira coisa que comentei com minha mulher depois que o amigo nos apresentou, depois das deferências que ambos fizemos aos outros que estavam à mesa, foi algo sobre o apartamento. Estávamos um pouco bêbados, todos à mesa estavam, eu tomara margueritas e um tanto de cerveja, ela tomara vinho branco, os outros não sei, comíamos frutos do mar, comêramos alguma pasta colorida sobre torradas minúsculas como entrada, trocamos os pratos, fizemos o pedido, tínhamos no nosso colo guardanapos de linho e na nossa frente solícitos garçons, tínhamos idade e futuro e vontade, nós tínhamos tudo isso quando eu disse que o apartamento era pequeno, não sufocante. Dois quartos. De um fiz um escritório, na parede do outro pendurei um desenho que meu sobrinho fez aos três anos, uma riscalhada a lápis de cera encomendada pela professora da escolinha.

Minha mulher se interessava por decoração. Trabalhava num dos bons escritórios de advocacia da cidade, conheci-a porque um amigo comum estava de aniversário, nos chamou para um bar, nós sentamos lado a lado, eu disse que era juiz, ela disse que ouvira falar de mim, que até já havia me visto no foro. Qual a sua especialidade?, eu perguntei. Direito penal. Você vai muito ao foro? Quase todos os dias.

Quando ela foi pela primeira vez ao meu apartamento, falou que o desenho na parede era muito simpático, quem é que fez? O desenho é muito simpático, concordei, o autor é o meu sobrinho. Na época eu achava que o meu sobrinho seria artista, ele gostava muito de desenhar, e meu irmão ficava dizendo quando nos encontrávamos, esse moleque vai ser médico, esse moleque tem todo o jeito de quem vai ser médico, esse moleque tem todo o jeito de quem vai coordenar um centro de pesquisas no hospital ou fazer cirurgias de vesícula das seis da manhã até as onze da noite com uma equipe reduzida, mas de sua *inteira* confiança.

Conversamos sobre o desenho do meu sobrinho, conversamos um pouco sobre pintura, eu não conheço muito o assunto, minha mulher era razoavelmente iniciada, gostava do abstracionismo, tinha em sua casa uma gravura de cores parecidas com as daquele desenho. De pintura passamos para culinária, de culinária para o trabalho, do trabalho para o custo de vida, do custo de vida para cinema, e logo se criou o hábito de discutir qualquer coisa, temas os mais diversos. Uma vez falamos de um livro clássico da teoria geral do direito, *O caso dos exploradores de cavernas*, a história de homens que ficam presos em uma caverna por muitos dias, ou meses, não lembro bem, e acabam praticando canibalismo. Um — ou alguns — sobrevive e é depois julgado sob a acusação de homicídio. São vários os votos que decidem o processo, cada um proferido por um juiz que pensa diferente sobre a situação. Um é o legalista, que acha que quem matou deve pagar por isso, porque assim está escrito na lei; outro é mais flexível e considera que as condições da caverna não permitem que se exija uma conduta diversa do(s) réu(s), apesar do texto legal em contrário; e assim por diante, em maior ou menor grau, os outros votantes puxam para um lado ou para o outro.

Nesse início de namoro, saíamos para jantar com o meu irmão e Dona Pequeninha nos finais de semana. Dona Pequeninha adora carne suculenta. Sempre tínhamos de pedir em separado: eu e minha mulher gostamos de bifes ao ponto. Durante a refeição, discutíamos. Passou um tempo, porém, e um assunto começou a ser evitado. Certa noite, fomos os quatro a um lugar que servia, segundo o meu irmão, o melhor filé que se poderia encontrar na cidade. Grelhavam-no muito espesso, e o garçom o cortava com duas colheres, não precisava de faca, isso era uma atração do local. Pedi que o meu viesse ao ponto. Minha mulher estava um pouco enjoada, preferiu um salpicão de legumes ou macarrão, não tenho certeza, e quando o garçom fez seu número e juntou duas colheres para cortar o filé jorrou tanto sangue que achei que a qualquer momento ela se levantaria e correria até a rua, o restaurante ficava numa rua larga, várias pistas de cada lado, movimento incessante, de dia era o comércio, de noite era uma longa seqüência de bares e casas noturnas. Meu irmão e Dona Pequeninha passaram a noite inteira discutindo comigo e com a minha mulher a decisão do filho de estudar odontologia fora do país. Quando deixamos os dois em casa foi que resolvi perguntar à minha mulher qualquer coisa sobre o dia seguinte, qualquer coisa sobre couve-flor no almoço ou fio dental que deveria ser comprado, qualquer desses assuntos possíveis a um casal que já passou do tempo em que o apartamento pode até ser pequeno, em que a decoração pode até ser primária, em que o desenho pode até ser simpático. Nós passáramos do tempo em que se tinha idade e futuro e vontade quando eu falei em couve-flor no almoço ou fio dental, e ela mostrou que não conseguia mais prestar atenção em nada, que naqueles anos todos ela só pensara em um assunto, que não conseguira se desviar dele, que qualquer conversa que tivéssemos teria obrigatoriamente relação com ele, e foi o que aconteceu, eu perguntei sobre couve-flor e fio dental, eu perguntei sobre o caso dos exploradores de cavernas e o número do garçom, eu perguntei nem sei mais o quê, eu lembro apenas que ela não disse nada, fazia uns vinte anos que eu não presenciava um silêncio daqueles, eu costumava presenciá-los na época em que ainda estava no colégio, na época em que era amigo do Julius e do Hélio, na época em que o meu irmão jogava futebol e o técnico usava o esquema que não servia, ele era o ala direita do time reserva, o esquema 2 × 2 não era o mais apropriado, o pai chegava atrasado em casa, o pai não foi em um único treino, o pai era o mais silencioso dos homens: minha mulher só quebrou o silêncio para dizer que não queria mais falar sobre filho nenhum. Nenhum. Foi por causa dos filés malpassados, talvez, por causa do sangue que jorrou da carne quando o garçom resolveu cortá-la com uma colher, talvez, mas sobretudo porque alguns anos antes eu descobri que sou estéril.

6.

A aeromoça perguntou se eu queria algo para beber.

Pode ser suco de tomate.

Ela chacoalhou uma garrafa de marca ordinária e tirou a tampa com o abridor. Botou sal, gelo e uma rodela de limão no copo plástico: quer pimenta?

Eu queria.

Molho inglês?

Prefiro sem molho inglês.

Minha mulher dormia na poltrona ao lado.

À noite sinto frio em avião. Minha mulher pega no sono facilmente, eu tenho dificuldade. Para me distrair, tentei ler, ouvir música, assistir ao filme. Chamei a aeromoça e pedi um cobertor sobressalente. Deitei a cabeça para os dois lados, apoiei-a em uma almofada, experimentei deixá-la sobre o ombro da minha mulher. O barulho da turbina era constante, nossos lugares ficavam perto da asa, aos poucos comecei a me sentir anestesiado, eu fechei os olhos e procurei me entregar àquela espécie de hipnose, e o barulho da turbina foi diminuindo, diminuindo, até que tudo ficou lento e plácido e por fim imóvel.

Já de manhã, quando voltava do banheiro, quando caminhava quase me equilibrando pelos corredores estreitos, na boca eu tinha o gosto refrescante da pasta de dentes, resolvi conversar um pouco com ela.

Quando minha mulher parou de tomar anticoncepcional, podíamos ter sexo a qualquer hora, em qualquer dia, sob quaisquer condições, sem qualquer cuidado. Nada aconteceu. Ela achava que o fato de ter tomado pílula durante tanto tempo podia causar uma certa demora na concepção. Mais alguns meses, e ela me convenceu a consultar um especialista. Fiz um espermograma às oito e meia da manhã de um dia útil, era uma terça-feira. Fui ao laboratório de análises clínicas, lá eles mediam e mapeavam sangue, urina, fezes, liquor. Procurei a recepcionista e entreguei a ela uma prescrição médica. Fui encaminhado a uma enfermeira, que me deu uma revista pornográfica, isso vai ajudar você. Me levou até um quarto branco com duas cadeiras e um chão de pedra. Às oito e meia da manhã de um dia de trabalho abri a revista e vi uma modelo com óleo espalhado sobre o corpo e as pernas bastante abertas.

Saí e passei novamente na recepção. Tinha deixado a carteira de identidade para que a recepcionista preenchesse uma ficha e ganhasse tempo. Meu plano de saúde cobre exames, todo mês eu pago o carnê, antes eu ia até o banco e fazia isso, agora uso o computador, imprimo o recibo em casa, junto-o a uma pasta onde guardo documentos importantes.

Quando a minha mulher soube que sou estéril, não teve nenhuma reação notável. Nos meses seguintes eu a observei. O despertador tocava cedo. Sete e meia, e o radiorrelógio dava gritos. Eu mantinha os olhos fechados. Ela levantava, eu podia sentir isso, sentia a diminuição de força contrária quando eu puxava o lençol para o meu lado, era como um teste, não havia resistência e eu sabia que ela já levantara, nem era preciso escutar os passos ou a porta do banheiro ao ser fechada, o barulho da água corrente, ela sempre gostou de tomar banho pela manhã. Ela saía do boxe com a toalha enrolada na cabeça, eu fingia que estava dormindo. Ela abria uma das gavetas do armário e tirava de dentro um par de meias, ela abria outra das gavetas do armário e tirava de dentro um sutiã, ela abria uma terceira das gavetas do armário e tirava de dentro uma camisa de gola, ela vestia calça e brincos e relógio, ela ia até a cozinha e era lá que eu deveria estar esperando com a cara de sempre, a cara que ela já começava a enxergar a cada passo em direção ao banheiro, em cada gota que corria enquanto tomava banho, em cada pedaço de sabonete nas mãos enquanto esfregava e eliminava a sujeira.

Eu a observei: ela não mudou a dieta. Não mudou de emprego, de amigas. Era a mesma de quando a conheci, ainda tinha o hábito de sentar comigo para conversar, de comer comigo, de dormir comigo, de acordar comigo, mesmo que eu fingisse que acordava depois. Ela deitava de costas para mim, eu gostava de olhá-la assim, eu gostava da respiração dela, de ir me encostando aos poucos, primeiro uma perna, depois a mão, o tórax grudava-se na geografia posterior, meu braço começava a se erguer, eu tateava o ventre dela, eu encostava o nariz nos cabelos, eu sentia o cheiro dos cabelos, eu fechava os olhos e a apertava suavemente contra mim. Tinha começo um lento movimento, eu sabia que ela logo viraria para o meu lado, e ela segurava a minha mão com mais força, ela girava o corpo e os seus olhos estavam ainda fechados, ela deixava-se encostar de cima a baixo, os seus peitos contra o meu peito, suas coxas contra a pulsação, ela devagar começava a tremer, sua respiração ia ficando mais rápida.

Eu a observei: o que ela começou a fazer com mais freqüência foi ler. Até então, interessava-se apenas por obras que diziam respeito ao trabalho: lia o código penal e o código de processo penal, como fazem todos os advogados; lia jurisprudência, como fazem todos os advogados; lia sobre psicopatologia, como fazem alguns advogados. Daquele momento em diante, passou a consumir romances, manuais de auto-ajuda, biografias. E se interessou por filosofia, também. De uma dessas obras se podia chegar à conclusão de que não existe livre-arbítrio nas relações humanas: se se considerar "livre-arbítrio" a liberdade de escolha entre duas opções, podemos dizer que livre é o sujeito que, entre os caminhos A e B, segue aquele com o qual tem mais afinidade. Só que esse sujeito escolhe A ou B por algum motivo — que pode ser religioso, cultural, ético, costumeiro ou o que seja. A sua formação religiosa, cultural, ética, costumeira ou o que seja não nasce por geração espontânea, depende de fatores preexistentes, de experiências vividas, da genética, de deus. Se o homem preferir a mulher X à Y é porque todo esse aparato o fez ao longo da vida experimentar sensações que determinaram um direcionamento da sua libido para essa ou aquela característica do sexo oposto. Ele escolherá entre X e Y de acordo com esse condicionamento anterior, ou seja, não é livre para escolher.

Pensei em falar sobre o livre-arbítrio para a minha mulher quando descobri a minha esterilidade. Pensei em várias coisas: num discurso, numa cena dramática, em anunciar uma desistência, em propor um recomeço. Eu pensei numa infinidade de saídas que de resto não pareciam saídas, pareciam nada, e quando cheguei em casa, no dia em que soube do resultado dos exames, agi como se nada houvesse acontecido. Minha mulher passara a tarde no Departamento de Trânsito para pagar o licenciamento do carro. Abri a porta, ela me esperava, ela não demonstrava nenhuma estranheza, eu sabia onde ela fora. Antes que pudesse pensar em dizer qualquer outra coisa, de pensar em fugir ou protagonizar um ritual de humilhação, eu tive com ela o seguinte diálogo:

Ouvi no rádio que aquilo continua o inferno.

Hoje foi o inferno.

Você tinha alguma multa?

Não.

Nem por excesso de velocidade?

Nem por isso.

Que bom.

É.

Não sei se tenho alguma multa.

Tem um telefone que informa isso.

Você sabe o número?

Não.

Onde posso consegui-lo?

Não sei.

Até quando é o prazo do licenciamento?

Depende da placa do carro.

O seu é até quando?

Semana que vem.

É difícil lembrar.

O quê?

Dessas datas.

Para você deve ser bem difícil.

Você está com fome?

Sim, morrendo.

Quer comer alguma coisa?

Quero.

Tem ovos na geladeira. E queijo. Posso fazer uma omelete.

Não agüento mais omelete.

A gente come outra coisa.

O que você sabe fazer além de omelete?

Posso fazer outra coisa.

O que você sabe fazer?

Eu invento alguma coisa.

Vou tomar banho.

Você não quer comer já?

Depois do banho.

Eu espero você.

Não precisa.

Tem certeza?

...

Propus que viajássemos. Disse que estava muito cansado, que ela estava muito cansada, que nos distrairíamos, que isso seria bom. Tínhamos dinheiro guardado, e a época não era de alta estação.

Começamos a planejar: fomos a uma agência, falamos com pessoas, vimos um mapa, precisávamos de alguma roupa.

Comprei um guia turístico. Sempre é bom caminhar carregando esses livros, a orientação é imediata, eles têm mapas precisos e indicações de serviços de toda espécie. Levo uma mochila pequena na qual caibam o guia e uma câmera fotográfica. Os documentos, levo no cinto.

Eu nunca viajara com minha mulher. Era um plano que tínhamos. Eu pegava um mapa-múndi e mostrava para ela, ficávamos olhando os países mais exóticos, os mais inacessíveis. Lá estavam os continentes longínquos, as ilhas ensolaradas, as trilhas históricas, os sítios arqueológicos.

No Alentejo, por exemplo, existem pedras esculpidas na Antigüidade. Algumas têm formato fálico, e a lenda diz que mulheres com problemas de fertilidade têm seu drama atenuado ao tocá-las, à noite. É uma espécie de ritual. As camponesas da região o cumprem até hoje.

Já na ilha de Comodo, no Pacífico, há um animal chamado dragão-de-comodo. Os machos não podem encontrar-se uns com os outros sem que desse encontro saia briga. O macho que perde a briga deita-se e se deixa arranhar pelo vencedor. Até que as marcas desapareçam, o macho derrotado não consegue ter sexo com nenhuma fêmea. É uma espécie de ritual. O dragão-de-comodo o cumpre até hoje.

Eu não queria ir para nenhum desses lugares. Queria ir para uma terra estranha, onde os rituais não fossem conhecidos.

Para lá que estávamos indo. Quando eu voltava do banheiro decidido a conversar com a minha mulher, enquanto eu caminhava quase me equilibrando pelos corredores estreitos do avião, o frio da noite já havia passado, eu dormira um pouco e já me sentia melhor, eu escovara os dentes e me sentia limpo, nesse momento o comandante anunciou que estávamos em procedimento de descida, queiram afivelar cintos e colocar poltronas em posição vertical e verificar o travamento da mesinha à sua frente.

O pouso foi autorizado. Vimos o telhado das casas e o tempo nublado, a pista do aeroporto se aproximando, carros e pessoas progressivamente maiores, progressivamente nítidos nas avenidas ao redor do aeroporto. Ouvimos o trem de pouso tocar o chão, o barulho das turbinas de reverso, e lentamente estacionamos ao lado de uma dessas esteiras cobertas para passageiros.

Já ambientados na terra estranha, já passadas as horas necessárias para acostumar o corpo e deixar para trás o cansaço da viagem, vimos crianças brincando em uma praça. Tínhamos feito o check in no hotel, e um carregador levou nossas malas até o quarto. Entrei no quarto, minha mulher entrou no quarto, tomamos banho, pusemos roupas limpas, saímos. Vimos todos os espetáculos que devem ser vistos, visitamos todas as exposições que devem ser visitadas, percorremos todos os bairros que devem ser percorridos, compramos todos os presentes que se devem comprar. Eu e a minha mulher reparamos nos letreiros e nos pedestres e na arquitetura e nos monumentos, eu e a minha mulher trocamos impressões sobre as casas e o comércio e o sistema de transporte, eu e a minha mulher passamos o tempo todo tentando cumprir uma agenda que alguém que está em uma terra estranha jamais poderia cumprir, então paramos em um dia qualquer, não sei se foi no primeiro dia, não sei se foi no segundo dia, não sei se foi no *sexto* dia, e ficamos olhando encostados na cerca ao redor da praça aquelas crianças brincando e falando uma língua que não é nossa, uma língua que nunca seria nossa, uma língua que nem que tudo houvesse sido diferente desde o início nós seríamos capazes de transformar em nossa.

Eu então resolvi falar. Teríamos a conversa que não chegou a acontecer, a conversa interrompida pelo anúncio do pouso do avião. Mais ou menos o seguinte:

Minha mulher estava cansada de ficar sozinha quando me conheceu. Ela tinha quase trinta anos. Não gostara de ninguém antes, ninguém significativo, e eu apareci com um plano claro, que não dava margem a hesitação. Ainda não interessava que eu fosse juiz, que eu tivesse um irmão, que eu fosse recém-egresso do interior, que eu fosse estéril. Eu era *alguém* e, conforme contei a ela na primeira vez que nos encontramos, isso foi a primeira coisa que disse, eu conseguira alugar um apartamento.

Ela passou a dormir lá. Eu voltava para casa do trabalho, ela estava me esperando, em geral eu saía do foro mais tarde do que ela saía do escritório. Ela levava para casa os processos nos quais trabalhava e podia ter certeza de que eu chegaria à noite. Se ela quisesse sair para jantar, eu iria junto. Se quisesse tomar sopa de legumes, eu tomaria junto. Eu tomaria sopa de legumes vestido com um suéter, uma camisa social por baixo, calça de linho, meias, eu tomaria um cálice de vinho para acompanhar a refeição, tudo isso às nove da noite, eu e a minha mulher, nós e a lâmpada branca da cozinha, a louça de todo dia, o balcão da cozinha cheio de restos, o calendário grudado no freezer. Não importava se do meu sêmen saísse ou não um garoto de olhos castanhos ou uma menina de olhos castanhos. Não importava nada, por muito tempo não importou, mesmo que ela tivesse quase trinta anos não era ainda o tempo em que ter ou não uma criança passou a ser a coisa mais importante. Ter ou não uma criança passou a ser a coisa mais importante a partir do momento em que nos demos conta de que ela parara de tomar pílula já havia algum tempo, quando nos demos conta de que talvez fosse necessário seguir uma dieta especial, um calendário especial, uma programação especial, e que um médico era a única pessoa capaz de revelar que dieta ou calendário ou programação especial eram aqueles.

Nós fomos a um médico. Ele pediu os exames. Ela fez os exames. Ela fez todos os exames, se é que estou sendo claro, antes de eu decidir fazê-los também. Aí é que me foi indicado o laboratório.

Liguei para lá e perguntei como poderia fazer o espermograma. O horário corriqueiro era pela manhã. Passei a seguir as orientações: marquei hora, estava lá no dia certo, fui encaminhado à sala com a revista pornográfica, a mulher da revista pornográfica tinha as pernas bastante abertas.

Quando soube do resultado, não exatamente quando soube do resultado, eu soube do resultado pela manhã e isto aconteceu de tarde, era isto que eu precisava contar para a minha mulher naquela terra estranha, naquela praça estranha, a poucos metros daquelas crianças que falavam aquela língua estranha — depois que soube do resultado, voltei ao foro e naquele dia mesmo condenei Luciano.

SEGUNDA PARTE

7.

Meu irmão gostava de fisiologia. Lia a respeito num volume da biblioteca de casa. Na verdade, era um compêndio com noções básicas da área, e "biblioteca" é exagero: tratava-se de um escritório usado pelo pai para trabalhar em casa quando fosse preciso, e na época era pouco preciso, ele passava tanto tempo na companhia que só poderia trabalhar em casa se abdicasse de dormir cinco horas por noite, que fosse.

Nesse escritório o pai pôs uma escrivaninha e uma estante de madeira, feita sob encomenda, uma luminária branca também, para facilitar a leitura.

Meu irmão já sabia onde estava o livro: na segunda prateleira, de baixo para cima.

O pai não era um organizador sistemático, não separava os livros por categorias como autores nacionais e estrangeiros, ficção e não-ficção, artes e ciência. O pai era anárquico, e da anarquia resultava que um volume podia mudar de lugar com freqüência. Não era o caso do compêndio de fisiologia. O compêndio podia se mexer para a direita ou para a esquerda, conforme o tira-e-põe das demais obras da prateleira, mas nunca saía dessa prateleira, porque o pai não o abria. Depois da morte da mãe, ele evitava qualquer referência a ossos, músculos, sangue. Meu irmão passava muito tempo vendo aquelas figuras, sabia exatamente o caminho do alimento ao entrar no aparelho digestivo, o mecanismo da audição, os segredos do olfato, o funcionamento do sistema excretor.

A capa era dura, meu pai mandara encadernar. Não posso precisar o número de páginas, acho que eram umas oitocentas, ou mais, que se encontravam em razoável estado. Meu irmão via desenhado ali o corpo feminino. Falava-se na menstruação, na morfologia do aparelho reprodutor, na distribuição hormonal. Era o trecho que mais lhe chamava a atenção, um capítulo inteiro dedicado a isso, em que se resumiam fenômenos como a menarca, a menopausa, o tom de voz agudo e a gravidez.

Meu irmão estava no banheiro do bordel. Foi no dia em que saímos o Julius, o Hélio, ele e eu, e isso ele me contou anos depois, no consultório, eu estava lá para falar da esterilidade, acabei ouvindo toda a história.

No banheiro, havia água por todos os lados. Água *mesmo*: poderia ser um banheiro de danceteria, um banheiro de criança depois do uso, um banheiro de acampamento na praia. Ele lavou o rosto, esfregou até a pele ficar rubra. Mexeu o pescoço para um lado, para o outro, subitamente para a frente, subitamente para trás.

Pensou no aniversário. Dali a uma semana, o décimo terceiro ano. Mas ele seria outro naquele dia, ele seria um homem naquele dia, depois daquele dia ele poderia bater no peito e gritar como um homem para as meninas da classe que olhavam com nojo para o seu rosto, um rosto cheio das mesmas perebinhas que apareciam no capítulo sobre pele do compêndio de fisiologia.

Trancado no banheiro, alguma coisa precisava ser feita. Sabia que precisava ser outro naquele dia, soube quando entrou na casa comigo, com o Hélio e com o Julius. Nós chegamos ao endereço certo, não erramos uma rua sequer, sabíamos o caminho porque estudáramos cada palmo daquela trilha, pelo menos o meu irmão pensava que eu havia estudado tudo, que tudo fora planejado, que não passara um minuto dos dias anteriores sem que se agisse sob o comando do cálculo, da premeditação, do ensaio. Nós mais o Hélio e o Julius batemos na porta, a moça abriu a porta, a moça nos convidou para entrar, meu irmão lembra com nitidez da moça explicando o sistema da casa, das outras moças desfilando, uma por uma, meu irmão lembra que escolheu a Cleide porque foi a primeira que lhe veio à cabeça quando perguntaram se ele gostara de alguém.

Entrou com a Cleide no quarto. Puxou conversa com ela: como você veio parar aqui?, você não tem vontade de sair daqui? A primeira coisa que um menino dessa idade aprende são essas perguntas, é o texto a ser lido quando se está num lugar assim. Ele sentou na cama, ela saiu por um minuto ou dois, avisou que ia ao banheiro, antes perguntou se ele não queria tomar banho, meu irmão disse que não, não tinha certeza se queria ou não tomar banho, disse não como poderia ter dito sim, então a esperou, olhou para os detalhes do quarto, a mesa-de-cabeceira, o lustre que imitava cristal, o armário com porta quebrada.

Ela voltou: vai ficar parado?

Meu irmão tirou a camisa, a calça, as meias.

E o resto? — ela agora estava sorrindo, o tom era um pouco diferente, ela mudou o tom em que contara como viera parar ali, se tinha vontade de sair dali.

Meu irmão tirou a cueca. Ela tirou a blusa, o sutiã, os sapatos, a calcinha, os brincos. Você não está com frio? Ele não estava. Não quer entrar debaixo das cobertas? Meu irmão entrou. Estava quente. Ela puxou-o. O corpo dela estava mais quente ainda. Era macio. Toca aqui, não precisa ter medo. Ele tocou.

Meu irmão olhou para ela, meu irmão olhou para cada detalhe do corpo dela, mas alguma coisa estava errada, alguma coisa não dera certo, apesar das tentativas em contrário, apesar das medidas preventivas, apesar da sucessão de cuidados e truques e dicas anotadas, e então meu irmão foi ao banheiro, já perdera as contas de quantas vezes fora ao banheiro naquele dia, era o mesmo banheiro onde eu mais tarde poria o dedo na garganta e devolveria o campari e decidiria que era hora de ir embora. No banheiro o meu irmão se lembrou do livro de fisiologia, dos textos que explicavam como se dá a fecundação, das figuras que mostravam o mecanismo reprodutor, as terminações nervosas, as patologias mais comuns, os cuidados de higiene com o corpo feminino. Meu irmão cansara de tanto ver aquelas figuras, era capaz de citar de cor a ordem em que apareciam, o que mostravam, a cor e o traço de cada uma. As figuras lhe causavam um sentimento esquisito, asco misturado a uma atração envergonhada, ele até aquele momento não tinha certeza do que era mais forte, se era o asco ou a atração, e naquele momento soube, no momento em que tocou a Cleide sob as cobertas, no momento em que tocou a Cleide e sentiu que alguma coisa estava errada, uma leve náusea foi tomando conta dele, um leve sufocamento, ele precisava se levantar, precisava ir ao banheiro, precisava pensar numa maneira de passar a próxima *meia hora* no banheiro, e depois deveria sair, talvez até conversar com a Cleide, talvez até explicar para ela, talvez até pedir que ela não contasse nada daquilo para ninguém, e então ele sairia do banheiro, e tornaria a se vestir, e voltaria à sala de espera, e diria a mim e ao Hélio e ao Julius que era hora de ir embora. Naquele momento, cercado de água, o rosto assustado refletido no espelho, faltava uma semana para o décimo terceiro aniversário, naquele momento meu irmão percebeu que o plano era bastante viável.

8.

Entreguei a chave ao frentista e pedi que completasse o tanque, que desse uma olhada na água e no óleo e calibrasse os pneus.

Me distraí com o ruído da bomba, os indicadores de preço e litros giravam rapidamente, ele gritou para que eu puxasse a alavanca sob o painel. Abriu o capô, completou a água do limpador de pára-brisa, perguntou se eu queria nota. Paguei com cartão de crédito.

Eu estava indo para o interior encontrar os pais de Luciano. Anotara o endereço que constava do processo, a cidade não ficava longe, a duas horas de distância.

Voltei à estrada, andei mais alguns quilômetros e apanhei o desvio indicado no mapa. Era uma picada de chão batido. Aos poucos o vilarejo foi surgindo no horizonte, os contornos das casas apareceram com nitidez: todas enfileiradas, aléias as dividiam, plantaram folhagens em algumas frentes, as fachadas eram de reboco ou gesso.

A mãe de Luciano me explicara como chegar lá. No dia anterior eu me apresentara por telefone como assistente social: eu estive com Luciano, eu sei da história de Luciano, Luciano pediu que eu fizesse uma visita à senhora.

Ela mesma abriu a porta. O sol batia na parede da frente, um abafamento era sentido dentro da casa. Sentei num sofá de couro, ela me ofereceu café, eu aceitei, ela perguntou se eu gostava de açúcar.

Como vai a senhora?, eu disse depois de ficarmos por alguns segundos em silêncio. Elogiei a casa, a casa é grande, tem bastante espaço aqui.

Ela contou que era professora, o marido teve um pequeno comércio, depois fechou-o, juntara algum dinheiro e vivia com o aluguel de dois imóveis que comprou ao longo dos anos.

Luciano nasceu numa cesariana. Três anos depois nasceu Nicholas, o irmão, que morreu antes do primeiro aniversário. Luciano passou a infância e a adolescência na cidade, era inteligente, ia bem nos estudos, a escola não era lá essas coisas, ele aprendeu a ler e a fazer as operações numéricas antes dos colegas. Um dia saiu de casa, cumpriu o percurso do interior para a capital, deixou um bilhete dizendo que precisava ir embora, que não se preocupassem com ele.

Voltou alguns anos depois. Chegou como eu cheguei, à tardinha. Calçava tênis e tinha uma mochila nas costas. Tocou a campainha; a mae atendeu.

Durante o tempo em que Luciano esteve fora a mãe achou que não queria mais vê-lo, que a sua raiva não passaria, que se Luciano aparecesse ela nem mesmo abriria a porta, mas estava enganada: ela o convidou para entrar, perguntou se ele estava com fome, ouviu a própria voz mais baixa que o habitual. Ali na sua frente estava Luciano, que não mandara carta nem telefonara informando que estava vivo, que não viera à cidade nem se arrependera de ter fugido, ele não teve medo de que o pai morresse ou que a mãe fosse parar num hospício, e a mãe não conseguiu dizer uma palavra grosseira, não foi capaz de um gesto agressivo, ela olhou para Luciano e de repente teve uma vontade louca de sentar, foi dando como que uma vontade louca de sentar, então ela gritou porque seu filho voltara, ele estava parado na porta, ele viera vê-la, ele precisava falar com ela, falar sobre que tipo de coisa andava fazendo na capital, sobre por que tinha certeza de que era um castigo ter sido obrigado a fazer aquele tipo de coisa na capital. E sobre Nicholas: a hora era aquela, ela que não o convidasse para sentar, para comer, para dormir numa cama de lençóis limpos, para ver o pai. Tudo isso ele faria depois de dizer a ela o que precisava dizer sobre Nicholas.

Ele falou, e falou também que tinha uma filha e que a polícia o estava procurando. Contou que em todos os dias posteriores ao dia que fugiu de casa ele se lembrava do Louro. O rosto do Louro passou a aparecer no rosto de todas as pessoas, as pessoas falavam com Luciano e era o Louro que ele ouvia, a secretária do escritório o mandava ir até o supermercado comprar garrafas d'água para pôr na geladeira e era o Louro que ele escutava dando a ordem. O Louro dizia: serviço acumulado. O Louro dizia: ordens de pagamento. O Louro dizia: tire cópias desses papéis.

E o Louro dizia de cada menina da vizinhança, essa não é a sua filha, a sua filha mora com a mãe, as meninas da vizinhança moram todas com as respectivas mães. Luciano sabia que não devia ouvir o Louro, na única vez que ouviu o que ele tinha a dizer foi quando o Louro disse que a febre do Nicholas era irreversível.

Um dia Luciano saiu para fazer uma série de serviços. Viu o moleque da rampa de skate mostrando para alguém umas figurinhas, e o moleque tinha o rosto do Louro. O moleque queria falar com Luciano, Luciano não queria ouvir, sabia que o moleque não era o moleque, era o Louro, e que o Louro só tinha a dizer coisas ruins. Fugiu como pôde, fugiu como quando saiu de casa, andou por ruas e entrou em becos e se escondeu atrás de pessoas para tentar escapar do moleque, mas não conseguiu escapar, como quando saiu de casa ele não conseguiu escapar do Louro, o Louro estava em toda parte, e foi o rosto do Louro que ele viu no rosto do moleque, o moleque achou Luciano, o moleque conhecia a cidade como ninguém, o moleque se aproximou de Luciano enquanto o homem que dizia engolir uma cobra gritava, quanta mulher bonita, quanta formosura. O moleque queria mostrar as figurinhas para Luciano, ele queria era falar com Luciano, e ele então falou baixinho no ouvido de Luciano, o Louro sussurrou no ouvido de Luciano que aquele era o dia do aniversário da filha, e que no aniversário da filha ele veria muita gente, e que em meio a muita gente estariam as meninas do bairro, as meninas do bairro que viviam com as suas respectivas mães, e que na casa da mãe da filha de Luciano havia um jardim, e muitas árvores, e muitos lugares onde as pessoas podiam se esconder.

Luciano não queria mais ouvir o Louro, não estava interessado em figurinha nenhuma, precisava ir para casa, precisava voltar para o escritório e acabar suas coisas e apanhar um ônibus e ir ao aniversário da filha, e quando acabou o que tinha de fazer no escritório e apanhou o ônibus e chegou no aniversário se deu conta de que tinha visto todas as figurinhas que o moleque queria lhe mostrar, ele não queria ver as figurinhas mas foi obrigado a vê-las, viu uma por uma, de cada uma perguntou o que era e quanto custava e onde o moleque a conseguira, e o Louro respondeu todas as suas perguntas, e lhe deu todas as instruções, o moleque lhe disse onde ficava a casa da mãe da filha de Luciano, e como Luciano deveria fazer quando chegasse à casa da mãe de sua filha, e o que Luciano deveria dizer quando desse o presente para a sua filha, e como Luciano deveria se comportar quando entrasse na festa da sua filha, e onde ficavam o jardim e as árvores e os lugares escondidos no aniversário de sua filha, e como ele deveria tratar as meninas que moravam com as respectivas mães e que estariam no aniversário de sua filha. O moleque falou, o Louro falou, Luciano ouviu, Luciano mais uma vez obedeceu.

9.

Meu irmão era muito novo quando apresentou Dona Pequeninha para o pai. Recém entrara para a faculdade de medicina, não tinha idade para morar com alguém, para sustentar um filho. Dona Pequeninha estava grávida, meu irmão garantiu para o pai que sairia de casa e viveria com ela e daria um jeito de arrumar dinheiro para pagar as contas, que o pai não tentasse demovê-lo da idéia, que o pai não tentasse convencê-lo do contrário, que o pai não tentasse mudar uma decisão já tomada. O pai não disse nada. Eu estava presente, foi num almoço em casa, marcaram aquele almoço justamente para que o meu irmão apresentasse a namorada, eu ainda trabalhava no interior, eu viera naquele fim de semana para a capital por causa do almoço, o meu irmão me ligou anunciando o almoço, era raro o meu irmão ligar, eu vim e presenciei a cena, claro que meu irmão não falou tudo isso na frente de Dona Pequeninha, foi depois de ela ir embora. O pai não disse nada, e era uma resposta que o meu irmão queria. Ele não queria mesada, o que logo passou a ganhar, dadas as suas dificuldades em sustentar apartamento e o nascimento do meu sobrinho; ele não queria uma bênção ou uma discussão; ele queria uma resposta, e quem a deu fui eu: parabéns.

Meu irmão saiu de casa em menos de seis meses. O pai acertou com ele a mesada. Logo ele passou a fazer bicos no pronto-socorro, ou numa dessas clínicas de emergência, fazia plantões como ajudante, longe do trabalho técnico, pagavam-no para carregar maca ou fazer sutura, se é que ele fazia sutura, ou então dirigir ambulância, isso nem legal era, isso aconteceu uma vez, não tinham motorista e uma pessoa necessitava de pronto atendimento, meu irmão dirigiu a ambulância e levou a pessoa até o pronto-socorro, a sirene ligada e o desrespeito a pedestres e semáforos. Ele conseguia um bico que outro, Dona Pequeninha também, teve de parar quando a gravidez chegou a um certo ponto, recomendaram que ela ficasse em repouso, algum problema com o bebê, isso é mais comum do que se pensa, o parto foi tranqüilo, mas os últimos meses de gravidez incluíram certa apreensão. Ela se preparou muito para o parto: ficava deitada o máximo de tempo possível, não fumava, não bebia, tinha alimentação equilibrada, recomendada pelo médico, o médico anotara num bloco de papel os grupos alimentares permitidos, as quantidades permitidas, os horários corretos das refeições.

No hospital, meu irmão ficava no sofá ao lado da cama de Dona Pequeninha, um sofá duro, desconfortável. O banheiro era minúsculo, com tapete antiderrapante, coberto de ventosas, dentro do boxe. Pela campainha se chamava a enfermeira. Discando zero se conseguia linha. Ligava-se o ar-condicionado, era verão, as visitas vinham, a recomendação era de que não ficassem muito tempo dentro do quarto, Dona Pequeninha ainda estava fraca, sentia-se tonta por vezes, sentia arrepios quando amamentava, a enfermeira disse que isso é comum, que um pouco de febre também é comum, que um monte de outras coisas também são comuns em mães que dão à luz. Dar à luz é um esforço tremendo, a natureza dotou a mulher dessa capacidade, as mulheres são fortes, as mulheres resistem, poucas mulheres não sobrevivem ao parto, pouquíssimas mulheres têm problemas depois do parto.

O primeiro presente que dei para o meu sobrinho foi uma roupa de bebê. Sempre que um bebê nasce, os amigos dos pais têm essa idéia. Perdi a conta de quantas vezes dei roupas de presente para o meu sobrinho, acho que de zero a dezesseis anos foi o que dei para ele, roupas, eu chegava nos aniversários com um pacote embaixo do braço e perguntava bem alto, e eu não ganho nada? Meu irmão sempre dizia, dê um beijo no tio, e o meu sobrinho dava o beijo, ou o abraço, e agradecia pelo presente, ele abria o pacote e lá estava alguma dessas roupas de bebê, ou dessas roupas de criança, ou dessas roupas de adolescente, e ele agradecia, estava precisando disso, e o meu irmão sorria, eu sorria também.

Meu sobrinho foi criado sob regras não muito rígidas, nem muito liberais, cumpridas desde o início. Uma vez comentei com o meu irmão que criança devia dar muito trabalho, ele explicou que não, que o segredo era impor limites, não se pode ser tirano, não se pode ser permissivo, basta encontrar o meio-termo e fixar os limites — aí sim, rigidamente. Meu sobrinho via televisão, por exemplo, mas só em horários específicos, nunca durante as refeições ou tarde da noite. Ele via filmes na televisão, por exemplo, mas não os excessivamente violentos. Ele via novelas na televisão, mas só a partir de determinada idade as do horário nobre, que podiam ter cenas picantes. Bebia refrigerante — nos fins de semana. Podia comer porcaria — em ocasiões especiais. Iogurte de marca às vezes, salgadinhos quando vinha visita, sono suficiente todas as noites — as regras tinham a sua própria lógica, se um jurista se debruçasse sobre as formulações e penas previstas pelo meu irmão provavelmente encontraria ali um sistema fechado, sem brechas nem contradições, um sistema que em sua magnitude e excelência contemplava a enciclopédia da infância universal, o mercúrio-cromo e o marchemelo, os pijamas com pezinho e o esporte à tarde, os brinquedos a pilha e o banho forçado.

Meu sobrinho cursou o segundo grau numa boa escola, e meu irmão às vezes perguntava sobre a matéria que era dada em aula. Meu irmão entendia muito de biologia, sabia todas as classificações do reino animal, classes, ordens, gêneros, espécies.

Meu irmão para o filho: o que é o ornitorrinco?

É um mamífero.

Um exemplo de aracnídeo.

O filho respondia: aranha.

Aranha não vale, quero um mais difícil.

O cravo de nariz.

Meu irmão retrucava: essa você não vai levar.

O cravo de nariz, está escrito no livro — dizia o filho.

O meu irmão não se dava por vencido enquanto não via o livro em que estava escrito que esse ponto escuro que se aloja na camada epidérmica do nariz é um aracnídeo. O filho ia até o quarto procurar o livro, o livro não aparecia, o livro ele deixara em algum lugar do quarto, debaixo da cama, sob a estante, meu sobrinho nunca sabia onde estava o livro, e o meu irmão gritava da sala, no início ele falava baixo, quando o meu sobrinho já estava longe ele começava a gritar, ele gritava com a força de quem duvida da existência de alguém que saiba mais biologia sobre a face da terra, ele gritava tão alto quanto um telefone em meio ao sono, essa você não vai levar, não vai levar, não vai levar.

Meu irmão dizia do filho: esse menino vai ser médico. Ele não precisa ser endocrinologista, só que acho, tenho um palpite, um cutuco, alguma coisa me assopra no ouvido, tenho certeza de que ele será médico, qualquer especialidade, fisiatria, oncologia, neuropediatria, pneumologia.

Dona Pequeninha apostava: ele vai seguir o pai, meu marido tem consultório, tem secretária, tem clientela variada e elegante e particular, meu marido aceita convênio porque quer, nem precisaria atender convênio se não quisesse, e nosso filho desde pequeno mostrou interesse pela medicina, todas as brincadeiras que fazia desaguavam no trato de pacientes, no avental branco, no auscultador, na seringa que solta água e ar.

Meu sobrinho estudou em casa para o vestibular de odontologia. Ficou seis meses trancado no escritório. Dona Pequeninha orgulhava-se, ele está se esforçando muito, tenho certeza de que vai passar, tenho certeza de que vai dar um banho em todos os outros, tenho certeza de que é muito bom em matemática e que em biologia sabe quase tanto quanto o pai.

No vestibular ele acertou em média oitenta por cento das questões de todas as disciplinas. Em biologia, fez quase cem por cento. Errou foi uma questão boba sobre genética e uma mais complexa sobre citologia, que a maioria dos candidatos errou, segundo um professor disse na rádio. A fala desse professor eu ouvi, eu estava na casa do meu irmão num dos dias que precederam o resultado, passei uma tarde lá ouvindo programas que tratavam da prova, ouvi uma série desses professores explicando o que havia sido difícil e o que havia sido fácil.

Foi dada uma festa para comemorar a aprovação. Dona Pequeninha ligou para amigos, pintou uma faixa de congratulações e a pendurou na sala. Eu estava no meu gabinete, telefonei para a casa deles, e quem atendeu foi Dona Pequeninha:

Sabia que vamos ter um dentista aqui?

Estou ligando para dar parabéns.

Meu sobrinho entrou na faculdade e logo meteu na cabeça: precisava estudar fora. No exterior estavam as melhores universidades, os mais renomados centros, os grandes especialistas, e ele não desistiu enquanto não preencheu os formulários de admissão das faculdades que julgava de bom nível. Passou meses indo até a agência de correios despachar por via expressa formulários de dados para essas instituições. Acabou premiado com uma bolsa numa delas.

Meu irmão me deu a notícia no restaurante dos filés espessos. Eu e a minha mulher jantávamos com eles. Dona Pequeninha estava muito orgulhosa, passou a noite inteira falando sobre isso, meu filho vai para os Estados Unidos, meu filho transferirá o curso para uma das melhores universidades dos Estados Unidos, e meu irmão ficou calado, meu irmão quase não disse nada, só quem falou naquela noite foi Dona Pequeninha, eu preferi ficar quieto também, às vezes olhava para o meu irmão, ele evitava olhar para mim, ele baixou a cabeça e se concentrou no filé que tinha a altura de uma espiga de milho deitada. Meu irmão não olhou para mim porque isso ele aprendeu a não fazer, ele o fazia quando alguém falava de nossa mãe, ele tinha esse olhar quando alguém falava dela. Com o tempo ele foi ficando com vergonha desse olhar, ele percebia a reação dos outros, às vezes eu achava que ele nem percebia, mas naquele dia me dei conta do contrário, de que ele sabia de tudo. Eu soube disso porque ele não tirou os olhos do filé e do sangue que inundava o prato, ele não teve coragem de olhar para mim nem para Dona Pequeninha nem para minha mulher. O filho dele estava indo para os Estados Unidos, o filho dele estudaria nos Estados Unidos, o filho dele aprendera que um cravo de nariz é um aracnídeo, só que o filho dele, isso quem sabia era eu, isso eu até então não sabia se o meu irmão sabia que eu sabia, mas a partir daquele momento tive certeza, quando vi que ele desviava o olhar que lembrava a nossa mãe eu tive certeza — o filho dele não quisera ser médico.

10.

Luciano gostava de jogar futebol. O pai dele improvisou um gol no quintal e defendia cobranças de pênalti executadas pelo filho. Eram dez cobranças: Luciano não podia errar mais do que três. Se errasse, perdia o jogo. O pai sabia que para Luciano era importante ganhar, era importante converter *nove* cobranças, ou as dez mesmo, então deixava a bola passar, claro que não tão acintosamente, ele fazia menção de se jogar em direção a um dos cantos a tempo de Luciano perceber, ele dava pistas de um movimento sutil de corpo, e Luciano percebia, o pai caía para o canto esquerdo, Luciano escolhia o canto direito, tinha tempo de trocar a direção ou o efeito do chute se isso fosse necessário. No fim da tarde, quando várias partidas haviam sido jogadas, quando os dois já haviam feito estatísticas dos chutes convertidos e desperdiçados, quando Luciano já tinha vibrado com suas vitórias didáticas, com sua habilidosa afirmação, os dois voltavam para dentro de casa.

Estávamos na sala, eu e o pai de Luciano, quando ele contou essa história. Ele chegara em casa quando eu conversava com a mãe de Luciano, ela explicou quem eu era, o que viera fazer ali, pelo menos o que ela achava que eu viera fazer ali, e daquele momento em diante só quem falou foi ele. Era um homem de sessenta, sessenta e cinco anos. Contou que:

1) Luciano, o que condenei por estupro, batia melhor no canto direito;

2) Luciano, o que condenei por estupro, arrumava a própria cama e tinha o costume de guardar os brinquedos;

3) Luciano, o que condenei por estupro, contou à mãe, o pai não estava junto, isso foi quando ele voltou à casa e antes mesmo de entrar na sala disse para a mãe que precisava contar uma série de coisas, ele contou essa série de coisas para a mãe porque provavelmente tinha medo de que o pai as escutasse — contou para a mãe que tinha um hábito esquisito na capital. Ele tinha o costume de ir até a banca de revistas e comprar um diário de folhas grandes, tamanho standard. Mais fácil assim: sua revista preferida, que o dono da banca vendia clandestinamente, para dentro das folhas largas do jornal. Na rua, Luciano era um rapaz levando as notícias do dia para casa. O jornal, esconderijo perfeito. Já no apartamento, calor acumulado, Luciano abria o plástico que envolvia a revista, mãos ligeiras como deve ser, direto às fotos centrais. Lá estavam os corpos de taquara, meninas sem pêlos pubianos, nada de seios que as diferenciassem de meninos de sua idade. Ursinho na mão, cavalinho na mão, castelo em areia de praia deserta.

Luciano, o que condenei por estupro, contou a história de uma menina que conheceu na festa de sua filha. A mãe dessa menina sempre recomendava a ela não falar com ninguém estranho, não dar bola para ninguém estranho, não aceitar bala nem presente nem nada que pudesse parecer colorido ou brilhoso ou cheio de açúcar. No verão, essa menina usava calça de abrigo, parte do uniforme do colégio, mas no dia do aniversário da filha de Luciano fazia muito calor, e a mãe a vestiu com uma saia.

O dia estava quente, dias quentes são os piores, Luciano nem sabia por quê, nunca tentou saber. Sabia que não podia, que era arriscado, nem deveria comprar as revistas, o dono da banca poderia reconhecê-lo. Mas era impossível, tentava mas não conseguia, quando passava na frente da banca de jornal era o Louro quem lhe dizia que chegara a revista, era o Louro que lhe vendia a revista clandestinamente, o jornaleiro lhe vendia a revista e perguntava, vai levar o jornal? Luciano levava, Luciano aprendera que o jornal tamanho standard era o esconderijo perfeito.

O dia chegando ao fim, em pouco tempo seria a penumbra. Aquela era a melhor hora, isso o Louro sempre lhe dizia, os sinos dos colégios já tocavam, todas elas já estavam saindo pelo portão, algumas em fila, outras para dentro das kombis que as levavam para casa. Na sua revista preferida, fotos com fralda e bicho de pelúcia, mamilos de fora, chupeta e boneca com vestido costurado. O dono da banca o conhecia, o dono da banca tinha a cara do Louro, o dono da banca perguntava se Luciano queria sacolinha para levar o jornal tamanho standard.

Luciano chegou à festa, e a primeira pessoa que viu depois da filha, depois de dar à filha o presente, foi a menina.

Como é o seu nome?

Ela disse o nome para Luciano.

Quantos anos você tem?

A menina respondeu. E seguiu respondendo.

11.

Todos sabiam sobre as conseqüências da doença do pai. Sempre se sabe das conseqüências, essa é uma das faces cruéis de qualquer doença, as pessoas olham o doente como quem assiste a uma rodada de pôquer, como quem sabe em detalhes os riscos, as possibilidades de vitória e derrota, o tamanho da recompensa, a dimensão da queda. Meu irmão já cumprira a sua tarefa básica de médico, já encarnara o semblante grave e sábio de todos os médicos, o semblante de quem vive em uma esfera superior, selecionada, acima de mesquinharias. O médico trata da instância final, acha descabida a comparação com o advogado, que no máximo trata de liberdade, com o arquiteto, que no máximo trata da forma, com o dentista, que no máximo trata de dentes.

Quando a situação do pai piorou, meu irmão reuniu a família e deu os detalhes técnicos daquela fase da doença, reconstituiu em minúcias o diagnóstico feito por um especialista, fez todas as ponderações de ordem técnica que se requeriam. Nos dias seguintes, minha mulher cumpriu as mesuras necessárias e os rituais de consolação, a praxe de quem convive com um parente de doente terminal, mesmo que o "terminal" não fosse para já, e sim para um futuro incerto, cheio de gestos contidos, de longos períodos de dúvida, de uma trajetória lenta e inevitável que geraria um dia expectativas de abreviação.

O pai não tinha muito jeito com crianças. Eu também não. Brinquei pouco com o meu sobrinho e nunca fiz careta em frente a carrinhos de bebê. Minha mulher encontrou uma amiga num parque, estávamos caminhando, era uma manhã de sol, sábado, a amiga dela havia dado à luz poucos meses antes. Minha mulher fingiu que morderia o pé da criança, no pé da criança vestiram uma meia de lã, minha mulher dizia, parece um biscoito, dá vontade de morder, e olhava para mim, dá vontade de morder, não dá? Dá, dá vontade de morder, eu respondi, e fiquei quieto, dali a pouco ela saiu da frente da criança como que me oferecendo o palco, o show era todo meu, eu deveria me curvar perante o carrinho e também fingir que morderia o pé da criança, e eu teria de dizer que parecia um biscoito: "Parece um biscoito" era a senha, a chave, o segredo, mas eu não conhecia segredo algum, eu não ensaiei show algum, eu não fiz mímica alguma. Eu continuei de pé num sábado de manhã, fazia sol, estávamos no parque, eu usava abrigo, eu calçava tênis e não sabia que era estéril.

O pai não costumava brincar comigo. Lembro que cantava uma musiquinha antes de eu dormir, era uma história sobre um grupo de meninos que procurava um tesouro. O tesouro estava escondido numa caverna, isso se descobria ao longo da trama, inicialmente eles só tinham um mapa e uma vaga indicação de uma floresta, na qual ficava uma trilha que passava por riachos terrosos, desfiladeiros, zonas habitadas por animais ferozes e outros obstáculos. No fim da trilha aparecia a caverna, e a descrição da cena era majestosa: uma loa à coragem dos meninos e ao valor da amizade, da perseverança, do idealismo, da integraçao.

Ele mesmo inventou a música. Os versos eram sempre os mesmos, eu já conhecia de cor. A narrativa toda durava não mais que dez minutos, acho, na época parecia uma eternidade, pelo menos demorava muito até chegar ao final.

Um trecho:

Vamos então
Então vamos
Em frente agora
Rumo ao tesouro.

Os meninos eram exploradores, eles eram *os exploradores de cavernas*, e deparavam-se com o urro de um urso, o chilrear de pássaros malignos, as pegadas de um anfíbio hostil, monstros. A linguagem vez que outra se tomava de tons épicos. Meu pai misturava fábulas, um sem-número delas, contos populares e fantasias clássicas, e cantava antes que eu dormisse. Eu conhecia todos os versos, eu sabia a métrica de todos, eu intuía a tonalidade das sílabas, a melodia das palavras, as imagens e os silêncios.

Meu pai foi enterrado numa quarta-feira. Estavam no cemitério alguns amigos, minha mulher, meu irmão, meu sobrinho, Dona Pequeninha e eu. O serviço começara um pouco atrasado. Alguém disse palavras de homenagem quando o caixão foi à cova.

Eu ainda lembrava dos versos da musiquinha da caça ao tesouro:

Em frente agora
Rumo ao tesouro
Nós somos fortes
Somos valentes
O nosso caso
É coisa séria.

E o refrão:

Somos os exploradores
De cavernas.

Os exploradores se perdiam enquanto procuravam o tesouro. Alguns queriam voltar para casa, outros queriam seguir na expedição, alguns não sabiam o que queriam, eu todo dia ficava angustiado porque a história demorava para se resolver. Essa era a parte mais comprida. Meu pai repetia as mesmas estrofes todas as noites, eu *exigia* que ele fizesse isso, era só assim que eu conseguia dormir, mas eu concedia uma exceção no cumprimento dessa exigência, e era justamente o final da história. O final eu deixava o pai improvisar. Cada dia ele cantava uma coisa diferente: numa vez, os exploradores morriam devorados pelo urso; em outra, eles conseguiam achar o tesouro e se safavam incólumes; em uma terceira, não acontecia nada disso. Era como se eu dependesse daquilo, como se eu só dormisse se ouvisse aquilo, e era mais ou menos o que acontecia, os versos eram cantados e eu quase não os escutava — era como um transe, um mantra, um torpor alcoólico, eu já sabia o que estava por vir, eu só voltava a prestar atenção quando o final estava perto.

Meu pai mudou o final da história durante anos, parou só quando a mãe morreu. Meu irmão era um bebê, meu irmão nunca ouviu os versos sobre o caso dos exploradores de cavernas, nunca viu o carrinho que a mãe me deu de presente. Meu pai não chegou a cantar para ele, a contar histórias para ele, a enxergar nele qualquer expectativa relativa ao desenrolar de um drama, de uma aventura, de um épico.

Desde o dia em que a mãe morreu, ou desde algum dia próximo, tenho certeza de que foi nessa época, o pai deixou de me cantar os versinhos, e aí comecei a mudar o final da história por minha conta. Eu me deitava e imaginava o que quisesse. Podia ser a qualquer hora, mas não sei por que mantive o hábito de fazê-lo à noite, como se quem estivesse fazendo aquilo fosse na verdade o meu pai, como se eu pudesse ouvir a voz dele me contando a história, como se o meu pensamento fosse traduzido nessa voz, e essa voz fosse externa, e essa voz fosse real.

Foi isso que fiz a vida inteira: eu mudo o final de todas as histórias, eu faço com as histórias o que bem entendo. Só que não é a mesma coisa, mesmo que durante muito tempo eu achasse que pudesse ser. Quem deveria ter feito isso, a única pessoa que poderia ter feito isso era o meu pai. Quando me dei conta disso, decidi que passaria a resolvê-las da pior forma possível, eu inventaria os destinos mais cruéis possíveis, e não haveria mais bravura e heroísmo e esperança, e não haveria mais generosidade, com os anos eu fui ficando duro, os meus personagens foram ficando sem saída, os ursos foram ficando *realmente* ferozes. Não haveria mais saída para os exploradores de cavernas, não haverá saída para os exploradores de cavernas, tenham eles os motivos que tiverem, façam eles o que fizerem, chamem-se eles como se chamarem, eu a partir daquele momento passei a ser o senhor dos destinos deles, eu decido se eles poderão se salvar ou não, se eles poderão ser livres ou não. Tudo agora passa pelo meu arbítrio, pela minha simpatia, pelas minhas impressões, pelas minhas circunstâncias. Eu nunca perdoei meu pai por isso.

12.

O processo de Luciano se desenvolveu como de praxe: houve a queixa, a polícia abriu inquérito, Luciano passou por um interrogatório. O delegado pediu ao Ministério Público a prorrogação de prazo para concluir a investigação. Em geral, o prazo é prorrogado por vários meses, dificilmente a polícia o cumpre no tempo estipulado em lei. Luciano foi apontado como autor do delito. Os autos do inquérito foram entregues ao promotor, que os leu e redigiu a peça de denúncia. É o momento em que o suspeito torna-se tecnicamente réu. Luciano foi novamente interrogado, dessa vez por mim, o juiz designado para instruir o processo. A instrução do processo é a fase anterior à sentença.

Por muito tempo me voltavam com freqüência os acontecimentos do dia em que condenei Luciano. Me voltavam os acontecimentos decorridos entre o momento em que soube do resultado dos exames e o momento em que cheguei ao foro, em que pus o carro na garagem, em que caminhei até o elevador, o elevador demorou para chegar, o elevador parou em vários andares antes de chegar, quando entrei no elevador eu cumprimentei a ascensorista, quando entrei no cartório eu cumprimentei a moça do balcão, e abri a portinhola ao lado do balcão, e caminhei até a minha sala, e fechei a porta, chamei o estagiário, cumprimentei o estagiário sem afetar a voz, sem levantar suspeitas, sem deixar transparecer nada do que acontecera durante o dia.

O que temos?

Isto, respondeu o estagiário.

Era o processo de Luciano. Na capa de um processo é grudada uma etiqueta com dados gerais: tipo de ação, nome do réu, número do processo, rito. Rito é o encadeamento, a forma como o processo tramita. Pode ser mais demorada ou não, ter mais fases ou não. Folheei rapidamente o processo, sem me deter em nenhuma página específica. Eu me lembrava com suficiente clareza dos acontecimentos importantes da fase de instrução.

Liguei o computador. Sempre faço assim, deixo-o ligado enquanto leio o processo com a atenção necessária. Depois que li, decidi que era hora de trabalhar. Era hora de esquecer o tempo que passara com a minha mulher fazendo planos, o tempo que passamos imaginando a creche onde nosso filho estudaria, o médico que atenderia o nosso filho, a idade em que o nosso filho aprenderia a nadar, a tocar um instrumento, a andar de patins. Chegamos a considerar a hipótese de matriculá-lo, ou matriculá-la, numa dessas escolas bilíngües, que alfabetizam a criança numa língua estrangeira, a criança fala a língua dos pais em casa e na escola aprende uma língua estrangeira, com nove ou dez anos já não tem dificuldade em nenhum dos dois idiomas.

No momento em que comecei a digitar as primeiras frases da sentença, eu estava levemente incomodado, levemente irritado, levemente fora do hábito de tranqüilidade que costumava me acompanhar nessas horas, nesse momento eu decidi que era hora de esquecer a possibilidade de ter um filho que soubesse lutar judô, que resolvesse um problema matemático de certa complexidade, que fosse entrevistado por um repórter na rua, que gostasse de discos raros. Era hora de me concentrar na história da mãe de Luciano, do pai de Luciano, da mulher de Luciano, da filha de Luciano, das amiguinhas que estavam na festa de aniversário da filha de Luciano, da menina que Luciano conheceu na festa de aniversário de sua filha, do dono da banca de jornal que tinha o rosto do Louro e vendia revistas clandestinas para Luciano, mesmo que na época eu não soubesse da existência de nenhum deles. Porque o processo não os mencionava, do processo constava uma história diferente, uma história que para alguém que não conhecesse a história de Luciano pareceria uma história comum, uma história digna de um menino que joga futebol com o pai, que chuta no canto direito, que converte nove das dez cobranças. A história que constava dos autos do processo de Luciano, a história à qual eu deveria ter me atido quando escrevi a sentença que definiu o destino de Luciano, a história somente à qual eu deveria ter me atido antes de decidir que Luciano a partir daquele momento não seria mais um homem livre, que Luciano iria para a *cadeia*, a história que deveria ter sido o meu único norte, a minha única fonte de consulta, a minha única referência, como sempre acontece com todos os juízes, como é praxe na atividade dos juízes, um juiz só deve julgar de acordo com o que lê no processo, se não fizer assim estará trazendo para o processo fatores externos, se não fizer assim estará se deixando influenciar por seu humor ou pela opinião pública, se não fizer assim estará tirando do advogado do réu a chance de defendê-lo, se não fizer assim estará julgando sem ouvir todas as partes, estará sendo injusto, despótico, criminoso — a história é a seguinte:

O Ministério Público ofereceu denúncia contra Luciano baseado em fatos delituosos acontecidos no dia do aniversário de sua filha. A menina com quem Luciano conversou logo que chegou à festa desapareceu. Foi encontrada algumas horas mais tarde, sedada, com sinais de violência sexual, em um bairro vizinho, sem lembrar do que havia acontecido — lembrava, apenas, que Luciano a tinha convidado para "ver um brinquedo" num endereço próximo, mas não se o acompanhara de fato. Descobriu-se que ela ingerira sonífero, talvez posto num copo de refrigerante. Várias testemunhas disseram que Luciano sumira por pelo menos duas horas do local. No seu depoimento, ele confirmou a história do brinquedo, mas negou que houvesse saído com a menina. Sobre o sumiço, disse que estava se sentindo mal e adormeceu em um dos quartos, o que ninguém viu. De qualquer maneira, a perícia médica na vítima não encontrara sinais de esperma — a penetração poderia ter sido feita com um dedo, com um objeto ou, menos provável nesses casos, com preservativo. Não havia sinais de sangue do agressor no corpo da vítima, nem marcas ou indícios orgânicos da menina no corpo de Luciano. Era fato que ela fora levada ao local do crime inconsciente, por isso não lembrava de sua saída da casa, mas não se tinha certeza de que quem fizera isso fora Luciano — como as crianças brincavam também no jardim em frente à casa, alguém estranho poderia ter posto o remédio em seu copo e não ter sido visto, o que era improvável, mas não impossível. As provas basearam-se apenas em testemunhos. Em resumo, eram bons indícios, mas, numa perspectiva rigorosa, insuficientes para justificar a condenação de Luciano por estupro, por atentado violento ao pudor ou pelo que quer que fosse.

Insuficientes.

Por saber que era assim, por ter a consciência de que eu na hora de condená-lo sabia que era assim é que fui tratar de descobrir o que existia na vida de Luciano capaz de justificar uma condenação. Eu precisava disso. Por isso pensei em ir ao interior conversar com a mãe dele. Por isso pensei em sentar à mesa com ela e fazê-la relatar a infância dele, as relações dele com o irmão morto, a saída dele de casa, a rotina dele no escritório, a relação dele com a filha, mesmo que só na minha imaginação ela pudesse relatar essas passagens todas, mesmo que só na minha imaginação ela pudesse existir, mesmo que só na minha imaginação eu pudesse viajar ao interior e lá ficar sabendo da existência de um irmão morto de Luciano. Porque não há mãe e pai na vida de Luciano, não há um irmão morto na vida de Luciano. Ou há, mas isso eu não posso saber. Para o que me interessa, Luciano é só um réu condenado à cadeia sem provas suficientes.

A decisão de um juiz de primeira instância não é definitiva, sempre existe a possibilidade de que o tribunal a anule, mas de qualquer forma Luciano ficaria preso até que um eventual recurso fosse julgado. Não sei quanto tempo ele ficou preso, não sei se ainda está preso, é provável que não esteja mais, cumpre-se apenas uma parte da pena, só que não importa. Poderia ter sido um dia ou anos: teria sido por minha causa.

Eu sou um operário do direito, isso me dizia um colega, o operário do direito deve se ater apenas aos autos, ao que está escrito no processo, não deve querer saber nem mesmo o nome dos réus, se os réus são bonitos ou feios, se os réus têm mulher e filha, se os réus tiveram razões ou impulsos. Isso foi o que fiz por toda a vida, isso foi o que fiz até o dia em que soube do resultado dos exames. Naquele dia eu deixei os autos de lado e me convenci de que era necessário, tão necessário quanto esta confissão que faço agora, era necessário condenar Luciano. E era necessário cumprir esse ato com a naturalidade que me restava, com o pouco-caso de um dia comum, naquele dia eu chegara ao foro como se tivesse ido ao clube pela manhã, como se tivesse vestido uma bermuda e dado meia dúzia de voltas na pista de atletismo, como se então tivesse tomado banho e ido até o foro com os cabelos molhados, com a barba bem-feita, com as unhas cortadas, com as chaves do carro fazendo barulho no bolso da calça. Eu escrevi a sentença com a firmeza disponível, com a certeza desejável, até com uma certa altivez. Tudo se deu da forma mais corriqueira possível, tanto que cheguei em casa e fiz exatamente o que costumo fazer. Tomei banho, li um pouco ou dei um telefonema, disso não tenho uma lembrança razoável, e conversei com a minha mulher. Ela fora até o Departamento de Trânsito naquela tarde:

Ouvi no rádio que aquilo melhorou bastante.

Hoje foi tranqüilo.

Muita fila?

Não.

Melhor.

É.

Alguma multa?

Uma.

Preciso ver se tenho alguma multa.

Tem um telefone que informa isso.

O número deve estar na lista.

Está.

Vou ver se ligo um dia desses.

É bom.

Até quando é o prazo do licenciamento?

Depende da placa do carro.

Preciso ver isso.

Precisa.

Meu carro termina com 9.

Termina.

Deve ser dos últimos.

Deve.

É a vantagem de ser último.

O quê?

A vantagem.

Ah.

O último paga depois.

É.

Mas eu vou ligar para lá.

É bom.

Não custa ligar.

Não.

Você está com fome?

Um pouco.

Vou comer agora. E você?

Não sei.

Tem ovos na geladeira. E queijo. Vou fazer uma omelete.

Vai?

Omelete é uma boa.

...

Jantei sozinho. A fome era grande: não quebrei um ou dois ovos, mas quatro. Quebrar um ovo é delicado. Eu costumava emporcalhar qualquer superfície escolhida para servir de anteparo à operação. A quina do fogão, por exemplo. Quando criança, eu quebrava o ovo na quina, batia-o de leve na quina, em geral isso não surtia nenhum efeito, então eu batia um pouco mais forte, também sem efeito, então eu me decidia e batia com bastante força, aí o ovo quebrava, mas quebrava como não deveria quebrar, em vez de apenas rachar e permitir que a fenda deixasse escorrer para fora a clara e mais tarde a gema ele se despedaçava inteiro, e era um tal de gema e clara por cima do fogão, um tal de pano úmido para limpar a sujeira, um tal de pedaço de casca no chão e ovo jogado no lixo, um tal de desperdício e desespero e xingamento, até que aprendi como fazer. Naquele dia, preparando-me para jantar sozinho, minha mulher tomaria banho e encomendaria comida chinesa por telefone, ou então faria um sanduíche, ou então sairia para comer, minha mulher *odeia* omelete, eu nunca consegui fazê-la comer omelete, naquele dia eu quebrei o ovo com uma delicadeza digna de competição, se no mundo inteiro se medisse a delicadeza no rompimento de uma casca de ovo eu certamente ganharia um prêmio. Rompi as cascas dos quatro ovos e deixei escorrer os seus respectivos conteúdos para dentro de um prato fundo. Acrescentei um pouco de leite e bati com uma colher. A mistura ficou com a densidade correta. Pus sal e uma pitada de pimenta-do-reino. Aqueci manteiga numa frigideira e a enchi com os ovos e o leite. E bastante queijo. Mexi rapidamente, baixei o fogo, tampei a frigideira e deixei lá, cozinhando, pelo tempo certo.

Uns meses depois propus à minha mulher que viajássemos. Ela já sabia que eu era estéril. Pelo calendário, até poderíamos esperar pelo réveillon, alugar uma casa na praia e beber discretamente na varanda, olhando para o mar e adivinhando onde os fogos de artifício espocariam. Eu poderia me vestir de branco, pular sete ondas levemente tonto, dormir até tarde na manhã seguinte, mas sugeri uma opção diferente: fomos a uma terra estranha, à terra onde vimos crianças brincando numa praça. Corriam de um lado para outro, uns desciam por um escorregador de alumínio, um menino estava sentado na caixa de areia, tinha uma pá na mão, um balde ao seu alcance, vestia um boné. Eram claros, todos eles, calculo que a maioria completara os seus cinco, seis anos — não tenho noção precisa de idades, costumo avaliar para menos, provavelmente aqueles meninos já eram um tanto crescidos. A praça era grande, cercada, podia-se ver o outro lado porque plantaram poucas árvores ao redor. Era um espaço plano, de limites alargados, como o campo de centeio da fábula, em que um apanhador cuida para que ninguém caia no precipício, para que ninguém faça nada errado, para que ninguém sofra acidentes. O apanhador é mais alto que os meninos, mais velho que os meninos, ele mesmo tem uma adolescência agitada e agora sonha poder ajudar os outros a não passar pelas dificuldades que enfrenta. Me senti como o apanhador, eu olhando de longe aquelas crianças, como se eu pudesse fazer algo por elas, como se eu pudesse participar da vida delas, mesmo que eu não falasse aquela língua, e não entendesse aquelas brincadeiras, e não compartilhasse daquela alegria. Eu estava a sós com a minha mulher, os dois encostados na cerca, os dois olhando as crianças, quando finalmente me decidi: virei para ela e contei a história de Luciano.

Procurei não esconder detalhes e busquei a forma mais clara possível. Olhando à distância, até posso dizer que foi fácil, o que credito ao cansaço da viagem, à atmosfera tranqüilizadora que emanava da praça, ao acaso. Se uma conjunção de circunstâncias favoráveis como essas houvesse nos acompanhado pelo resto da viagem, pelos dias que ainda cumprimos antes de marcar o vôo de volta, antes de ligar para a companhia aérea e pedir que a volta fosse antecipada, antes de implorar à moça que atendeu o telefone para que saíssemos um dia mais cedo, uma *hora* mais cedo, eu estava me sentindo exausto, eu sentia que estava esgotado, a qualquer momento eu cairia doente — se uma conjunção de circunstâncias favoráveis continuasse a reger nossa sorte era possível, quem sabe, que eu falasse para a minha mulher não só sobre Luciano, mas sobre outras coisas importantes, lembranças que me acompanhavam havia muito, lembranças que pareciam menos graves que a condenação de Luciano, mas que eram tão graves quanto. Se se analisasse com algum rigor, até mais graves. Se o momento em que estávamos em frente à praça tivesse sido estendido, como num filme em câmera lenta, como que por destino, como que por milagre, se aquele instante fugaz em que os bons fluidos pareciam ter estacionado nas cercanias durasse mais algum tempo, dez minutos que fossem, algumas palavras que fossem, eu poderia ter falado para a minha mulher sobre essas lembranças. Não consegui. Não me sentia pronto. Demorou muito tempo para que eu me sentisse pronto, o tempo contado entre aquele exato dia, olhando para a praça, e o dia de hoje — quando, depois de tentar esquecer, de tentar achar explicações, de tentar me eximir da responsabilidade pelos acontecimentos, e de ter desistido dessas hipóteses, eu me convenci de que a única maneira de lidar com as lembranças era, justamente, falar sobre elas.

É o que tentarei fazer agora.

TERCEIRA PARTE

13.

O pai tinha o costume de dar conselhos: é importante começar a trabalhar cedo, eu comecei cedo, olhe só para mim. Eu não sabia que seria juiz, que prestaria vestibular para direito, e o pai tinha uma idéia fixa, esse menino vai ser médico, esse menino tem todo o jeito de quem vai ser médico. Meu irmão ouvia aquela conversa: depois ia para o quarto e jogava futebol de botão. Gostava de jogar sozinho e organizava campeonatos. Em cada botão grudava um adesivo colorido, sobre o qual escrevia o nome do jogador e desenhava o distintivo da equipe respectiva. Na tabela do campeonato anotava os resultados e os nomes de quem marcara gols. Chegava a fazer certames de dezesseis equipes, com turno e returno, fases de classificação distintas, repescagem, semifinais e finais em ida e volta. Ele não narrava os jogos, como é hábito de quem pratica sozinho. Quando eu ou o pai entrávamos no quarto, ele parava o cronômetro, esperava que falássemos o que tínhamos de falar para só então, quando a porta estivesse novamente fechada, dar seguimento à partida. Em silêncio.

Os campeonatos coincidiram com a desistência do futebol de salão. Eu ainda tentei convencê-lo, não há de ser nada, todo mundo já foi reserva um dia, quem sabe o treinador dá uma nova chance a você, mas o meu irmão não mudou de idéia. Voltava do colégio, entrava em casa e ia direto para o quarto. Eu perguntava como andava o campeonato; o meu irmão respondia de maneira vaga. Eu perguntava se o returno já havia começado, se o time líder tinha gás para manter-se na dianteira, quem eram as grandes zebras, como andava o nível de disciplina. Tudo bem, ele dizia.

Meu irmão virou reserva do time por causa de um jogo específico. Ele se preparara muito para aquele jogo. Eu estava no ginásio, o ginásio recebera pouca gente, jogo noturno não atrai público. Sentei num degrau alto da arquibancada, tinha visão privilegiada da quadra, de lá vi o meu irmão correr pela ala direita, o técnico pedira que ele acompanhasse o ala do time adversário, o esquema ainda era o 3 × 1: vi o goleiro adversário batendo o tiro de meta com um toque curto, o fixo aproximara-se, quando o fixo recebeu a bola e levantou a cabeça eu percebi o movimento do ala, ele saiu da intermediária em grande velocidade, parecia não haver ninguém no caminho, meu irmão ainda voltava do ataque, recém batera uma falta que resultou no tiro de meta, o fixo olhou para a frente e viu o ala adversário tirar uma légua de distância do meu irmão, meu irmão era quem deveria marcá-lo, eu adivinhei o passe, eu adivinhei o pé do fixo sob a bola de forma a executar o lançamento. O ala adversário nem deixou a bola picar, matou no peito como não mataria mais, passaria a vida inteira sem matar no peito daquela maneira, quando matou no peito eu adivinhei o chute, o voleio certeiro, o tiro preciso, a pegada exata, o meu irmão também parece que adivinhou, o meu irmão parou de correr para assistir ao chute, só faltou pagar ingresso para assistir ao chute. E ele assistiu: o ala adversário pôs a bola no ângulo. Era a bola utópica, sem chance, sem reparo.

Faltava pouco para o tempo se esgotar, e o jogo estivera empatado em zero até aquele momento. Meu irmão caminhou devagar, de volta para o campo de defesa, e não olhou para o técnico, para a torcida, para o juiz, para o goleiro do seu próprio time, que permanecia como um troféu imóvel oferecido ao atacante vitorioso. Ele olhou foi para mim, eu estava olhando para ele, e ele então pela primeira vez percebeu, como perceberia de novo outras vezes, quando eu perguntava do colégio, quando eu perguntava sobre o campeonato de botão, ele percebeu a mentira: apesar da solidariedade, das palavras de consolo que falei depois da partida, do incentivo mostrado durante a volta para casa, eu não me sentia exatamente triste por causa do gol.

14.

O pai deixou de contar o caso dos exploradores de cavernas, e nos finais que passei a inventar os exploradores não mais andavam a pé pela floresta, esgueirando-se por entre as árvores, cortando o mato fechado a facão. Os exploradores entravam num automóvel, o automóvel tinha as mesmas formas do carrinho que a mãe me dera, a mesma cor, as mesmas proporções, e era nesse automóvel que os personagens se movimentavam, claro que não era na floresta, era pela própria cidade, eles cruzavam ruas familiares, na minha vizinhança mesmo, e nas calçadas estavam pessoas conhecidas, moleques que andavam de bicicleta por perto, senhoras que tinham o costume de passear com cachorros. Um dia os exploradores voltaram no tempo: estacionaram o carrinho no pátio da minha casa, entraram no meu quarto e me viram na cama, eu tinha três anos e estava em casa com a babá, meu pai havia ido ao hospital, minha mãe estava internada em um dos quartos da maternidade, era uma maternidade luxuosa, os corredores decorados com desenhos de motivos infantis, os parapeitos cheios de plantas vistosas, vegetação volumosa, e as enfermeiras e os médicos e os plantonistas e as visitas andavam para lá e para cá em roupas impecáveis, sem um amassado sequer. A minha mãe estava internada num quarto em cuja porta penduraram um gorro azul, era um gorro pequeno, de crochê, sobre o qual foi grudada uma etiqueta adesiva. Na etiqueta escreveram o nome do meu irmão.

Quando os exploradores chegaram ao meu quarto, naquele tempo passado, pedi que eles fossem até a maternidade e me contassem o que estava escrito na etiqueta adesiva, que nome era aquele, qual o significado daquele nome. Eu tinha ascendência sobre os exploradores, eles fariam qualquer coisa que lhes fosse ordenada, e foi isso que eles fizeram: eles saíram novamente de casa, eles entraram novamente no automóvel, eles percorreram novamente as ruas da vizinhança e o caminho até a maternidade. O saguão era imenso, a escada ficava no fundo do saguão, eles subiram dois lances de escada, o quarto onde minha mãe estava internada ficava no segundo andar. Lá, viram o gorro azul e a fita adesiva. Eles leram o nome. E seguiram em frente.

O quarto estava vazio. Não estavam lá o meu pai, a minha mãe, os amigos do meu pai, os amigos da minha mãe, os colegas de trabalho do meu pai, os colegas de trabalho da minha mae. Via-se a cama, a cortina xadrez, o sofá para visitas, um rádio portátil, uma cadeira de ferro. Não havia ninguém porque, algumas horas antes, na sala de parto, no exato momento em que se ouviu pela primeira vez o choro da criança, ou um momento depois, isso nunca ficou totalmente estabelecido, mas no exato momento em que a criança chorou pela primeira vez, a criança era aquela cujo nome estava escrito na fita adesiva sobre o gorro azul, a criança era aquela que naquele dia mesmo viria para a minha casa e por muito tempo moraria no meu quarto, ao meu lado, a dois passos da minha cama, no exato momento em que se ouviu o choro da criança pela primeira vez, em que deram uma palmada na criança pela primeira vez, e isso que estou contando aconteceu de verdade, não foi apenas uma invenção para ilustrar a aventura dos exploradores, naquele exato momento a minha mãe morreu.

15.

Menti à moça no bordel: contei que a mãe estava viva e que uma vez por ano viajávamos, toda a família. Falei do carrinho que a mãe me deu, de como a mãe me buscava na creche, de como ela era inteligente e amável e honesta. Quando fui visitar Dona Pequeninha no hospital, logo depois do parto, fiquei pensando se o meu sobrinho um dia poderia atestar algo assim a respeito dela, se ele poderia também se orgulhar do meu irmão, se ele poderia dizer dele para alguém o mesmo que eu dizia para aquela mulher sobre a minha mãe. Era isso que eu imaginava quando o meu sobrinho resolveu estudar para o vestibular de odontologia, quando ele resolveu sair do país: se ele pode dizer uma dessas coisas sobre o meu irmão e Dona Pequeninha num café da cidade onde mora, nos Estados Unidos, tarde da noite, cercado por gente que não conhece, bebendo uma bebida que não conhece. Alguém está na frente do meu sobrinho, pode ser uma moça que trabalha como garçonete nos fins de semana, um rapaz que estuda violão, um colega de universidade, alguém que goste de cinema ou ioga ou roupas de couro ou água mineral pela manhã. Esse alguém entra no bar, a luz é muito fraca no bar, há poucas pessoas no balcão, no balcão as bebidas estão à mostra, dois barmen dão conta da clientela, por uma moeda se escolhe a música, os banheiros são limpos e têm preservativos à venda, o chão é de tacos, faz calor, há mulheres sozinhas. Esse alguém entra no bar e vê o meu sobrinho sentado a uma mesa de canto, fora do caminho principal. Esse alguém chega perto, meu sobrinho se levanta, meu sobrinho sorri, meu sobrinho convida esse alguém para sentar, meu sobrinho pergunta se esse alguém teve dificuldade em achar o bar, meu sobrinho pergunta se esse alguém quer beber algo, meu sobrinho oferece o cinzeiro para esse alguém, meu sobrinho faz todo esforço para se mostrar gentil e leal e interessante e divertido. Esse alguém ouve o meu sobrinho como quem ouve um amigo, como quem ouve um paciente, e meu sobrinho fala como se estivesse fazendo uma confissão, como se por meio daquela fala buscasse alívio. Não sei se o meu sobrinho poderia falar para esse alguém sobre como sente falta da mãe, sobre como a vida foi desde sempre sentir falta da mãe. Foi isso que eu disse para aquela mulher, naquele dia, no bordel, enquanto o meu irmão e a Cleide estavam no quarto, enquanto eu tomava o campari de um gole só, enquanto ela ia ficando mole, e seus lábios pareciam estar prestes a desabar, ela parecia querer me pegar no colo, como se eu fosse uma criança, como se eu fosse um bebê, como se ela pudesse cuidar de mim enquanto eu não parasse de falar dessas coisas, mesmo usando outras palavras, mesmo falando em carrinhos e creches e viagens.

16.

O enterro da mãe não demorou muito. Meu irmão já tinha sido levado para casa, um bebê se acostuma com o novo ambiente aos poucos. Ele tinha um problema de pele, acho que era icterícia, algo comum, que some rapidamente. Ao nascer, não chorou de imediato. O médico teve de lhe dar uma palmada. Não sei se minha mãe chegou a vê-lo, ninguém nunca mais tocou nesse assunto. Eu vi na televisão um programa sobre isso, era um seriado que se passava no hospital, uma mãe dá à luz e morre logo depois, antes de morrer o médico mostra para ela o bebê, quando o médico mostra o bebê ela sorri, só que há algo errado, ela parece não ter energia, ela parece esgotada pelo esforço, ela parece precisar de descanso, e a enfermeira como que adivinha, você está sentindo algo? Ela vai fechando os olhos, a enfermeira olha para o médico, o médico está agitado, o médico grita para que preparem uma reanimação, isso acontece segundos depois que o bebê chora pela primeira vez. Não demora muito para que não haja mais nada a fazer, para que fechem os olhos da mãe, para que o médico olhe para o rosto da mãe, para que o médico tire a máscara e as luvas e ponha as mãos sobre o corpo da mãe.

Alguém ofereceu uma carona para o pai na saída do cemitério. Ele não fora de carro, familiares não pensam em dirigir num momento como esse, não pensam em nada prático, as providências são tomadas por um parente, por um amigo, por uma pessoa próxima. Não sei quem, na véspera do enterro, contratou os serviços da funerária, botou anúncio no jornal, cuidou para que as coisas se encaminhassem.

O pai me explicou vagamente o que ocorrera com a mãe. Ele não chegou a mentir, a fazer o que alguns fazem quando precisam contar algo triste a uma criança, ele não inventou que a mãe fora para um lugar bonito, onde tudo era limpo, e que nesse lugar bonito estavam cuidando dela. Meu pai foi um tanto reticente, mas eu entendi o que havia acontecido. *Como* havia acontecido eu só fui saber quando assisti ao episódio do parto no seriado de televisão. Eu ainda era garoto.

Pensava muito nesse seriado, não só na infância. Na adolescência também. Quando estava na faculdade de direito também. Claro que não falava disso com os meus colegas, o assunto deles quase sempre era outro, o tema das conversas quase sempre eram os concursos públicos, o que fazer depois de sair da faculdade, para qual cargo prestar concurso, servia qualquer coisa, podia-se tentar o Ministério Público, a magistratura, o Banco Central, o Instituto de Seguridade. Qualquer cargo de nível superior servia, estar lotado em uma repartição que admitia funcionários de nível superior era a aspiração mais cara, o fim do caminho para todas as pessoas com quem conversei durante o curso.

Fiz poucos amigos por lá. Na verdade, acho que não fiz nenhum. Aqueles com quem mantive contato serviam para que eu ficasse a par das rotinas acadêmicas, do conteúdo dos exames, da agenda prática que qualquer aluno universitário enfrenta. Eu eventualmente os ajudava, eles me ajudavam com alguma freqüência. Sou grato a alguns deles, procurei alguns deles quando voltei do interior, quando cheguei novamente à capital e me dei conta de que perdera contato com quase todo mundo. Eu tinha um gabinete com secretária e estagiário no foro central, eu tinha na minha frente dezenas de processos para dar seguimento, eu tinha uma rotina movimentada e cheia de decisões importantes, e estava um tanto sozinho. Quando conheci minha mulher, foi como se tivessem posto uma estufa elétrica num quarto frio e úmido, e eu fosse ficando cada vez mais à vontade, cada vez menos dependente de cobertores e roupas. Perguntei quantos anos ela tinha, o que gostava de fazer, se ela queria me ver a sós. Algumas semanas depois, estávamos no meu apartamento, grudados um no outro, os dois nus, debaixo do lençol, eu buscara uma garrafa d'água na cozinha, eu trouxera dois copos, ela estava com alguma sede, eu estava com algum sono, e aquela cena se repetiu várias vezes nos meses seguintes.

Depois que voltamos da viagem à terra estranha, nossa rotina mudou um pouco. Deixamos de comprar presentes, de fazer visitas, de ir ao teatro. Eu ia até a locadora e alugava uma fita para vermos à noite. Nem sempre ela conseguia ou tinha vontade de ver, às vezes eu ficava acordado só, a televisão com o volume baixo, a luz do quarto apagada, eu lia as legendas dos filmes estrangeiros e quase não escutava a voz dos atores. No outro dia, ela não perguntava a respeito, se eu havia gostado ou não do filme, até hoje não pergunta, vivemos mais ou menos assim até hoje. Eu abro a porta quando chego do trabalho: oi. Ela está sentada no sofá que dá de frente para a porta. Um pequeno corredor separa a porta e a sala propriamente dita. Eu atravesso o corredor. Eu chego perto dela. Eu dou um beijo na testa dela, ou na boca, e me sento ao seu lado. Aí falo duas ou três frases sobre: temperatura, trânsito, economia, trabalho, comida, casa, programação, saúde. Ou menciono: uma história, uma idéia, um conselho, um ditado, uma frase, um gracejo, uma teoria, uma saudação. Ou sento sem dizer nada, isso é raro, já aconteceu, eu sento e olho para a frente, ela também está olhando para a frente, não há muita coisa em frente, é a mesinha de vidro e o outro sofá, o ambiente da sala é esse. Eu sento ao lado dela e ficamos um tempo assim, sem dizer palavra, às vezes eu pego na mão dela, às vezes faço um afago, ela às vezes retribui, às vezes não esboça reação. Aí eu levanto, eu vou até a cozinha, eu preparo uma sopa substanciosa, com pouco caldo e legumes bastantes, eu ponho cenoura e tomate e nabo, e pouca água, e cheiro-verde, e um tablete de caldo de carne. Jantamos. Ela recolhe os pratos e copos, deposita-os na pia. Eu passo um pano úmido sobre a mesa.

Quando pensei pela primeira vez em escrever este relato, não tinha certeza se o faria como uma reprodução fiel dos fatos, como romance, como comédia para o teatro, como poesia. A única coisa que eu tinha em mente, o que também deve ter sua explicação, era esta cena: os dois ao final do jantar, a louça encaminhada, a superfície da mesa limpa, uma discreta sensação de fastio, e a sala, o restante do apartamento, o que sobraria depois de ficarmos sabendo que não teríamos um filho. Com essa cena eu encerraria o que quer que fosse, peça ou romance ou poema, mas ao longo do tempo decidi mudar o final. Grande parte dos meus colegas, e eu acabo conhecendo todos no dia-a-dia do foro ou em encontros sociais esporádicos, até uma associação de magistrados existe, na associação construíram quadras de tênis e pelo menos dois salões de festas, pois grande parte deles fala em se aposentar já, ou daqui a uma década, ou daqui a quinze anos, sempre com uma expectativa de soberba, com a sensação antecipada do dever cumprido, como se pedissem nas entrelinhas alguma forma de reconhecimento, um parabéns ou um muito-bem, um abraço fraterno ou um discurso elogioso, ou então que se olhe para eles sem considerar a hipótese da piedade, do respeito formal, do sorriso prático. Terminar o romance, a peça, o relato ou o poema com aquela cena seria agir da mesma forma: como um cachorro de banho tomado perante o dono bondoso, como uma dessas pessoas que tiram lições do sofrimento, como alguém que lista virtudes e créditos decorridos de uma experiência difícil. Foi o que aconteceu, eu poderia dizer; não sei por que aconteceu, eu poderia dizer; não sei por que em meio a tanta gente, e há gente nascendo a cada segundo, em todos os lugares do mundo, sob as mais variadas condições de higiene, sob os mais variados regimes políticos, sob os mais diversos estamentos morais, não sei por que em meio a tanta gente o protagonista desta história precisou ser eu. Eu poderia dizer mais: que não é uma questão punitiva, não é uma questão de sorte, não é um problema atávico, não é um destino biológico. Não é nada, eu poderia dizer, é apenas um fenômeno da natureza, como as aves que migram, como as feras que caçam, como os rios que transbordam, e isso talvez pudesse me dar o conforto, o consolo, a resignação, a paz, a certeza de que não há componente racional capaz de interferir no processo, de que somos apenas escravos da química, da combinação de elementos, da vontade de um ser superior, da genética. Dizer isso seria evitar um confronto que nem sei como dimensionar, mas que fui capaz de intuir em todos os passos desta história, um confronto com alguém, alguma entidade, alguma força que não conheço, algum inimigo que não me é familiar.

O meu romance, a minha peça, o meu relato, o meu poema terminam de outra forma, a forma de uma vingança, de uma sobrevida, de uma vitória contra esse desconhecido: eu saio da cozinha e volto à trajetória de sempre, rodeado pelas pessoas de sempre, até que um dia, quem sabe, sem nenhum sobressalto ou reviravolta, sem nenhuma comemoração ou anúncio, sem desejo de reconhecimento de nenhuma espécie, me dou conta de que o tempo em que era inevitável pensar em Luciano passou, assim como o tempo em que era inevitável pensar no meu irmão passou, assim como o tempo em que era inevitável pensar no meu pai e na minha mãe e em Dona Pequeninha e em meu sobrinho também passou. Nesse dia, eu chego em casa e converso com a minha mulher, não da forma como venho conversando nesses anos todos, não da forma como eu achava que era necessário conversar nesses anos todos, mas de outra forma, uma forma que ainda não sei bem qual é, mas que um dia, quem sabe, saberei pacificamente. Eu não dou presentes para ela. Eu não compro flores nem faço declarações. Eu não sou capaz de pedir desculpas, de esboçar uma justificativa, por mais inocente que seja o seu teor, por mais social que seja a sua gênese. Eu abro a porta, eu a vejo, eu me dirijo a ela, e chego perto, e toco as mãos dela, e a puxo para perto de mim. Eu seguro as suas mãos, eu encosto o meu corpo no corpo dela, eu imagino que ao fundo toca uma música antiga, uma música anterior. Eu ouço a música, tenho certeza de que ela também ouve a música, e então os dois corpos começam um lento movimento, os dois corpos começam a girar. Ficamos lá, eu e ela, os dois girando, e as coisas podem começar a ser diferentes.

ESTA OBRA FOI COMPOSTA PELA SPRESS EM MERIDIEN E IMPRESSA PELA PROL EDITORA GRÁFICA EM OFF-SET SOBRE PAPEL PÓLEN BOLD DA COMPANHIA SUZANO PARA A EDITORA SCHWARCZ EM FEVEREIRO DE 2001